D1325843

Caja Cazemier

Caja Cazemier werd op 5 september 1958 in Spijkenisse ge-
boren. Na de middelbare school ging ze Nederlandse Taal-
en Letterkunde studeren. Twaalf jaar lang was ze lerares
Nederlands, maar tegenwoordig besteedt ze haar tijd vol-
ledig aan het schrijven van boeken. Ze woont in Leeuwarden.

Dankzij haar ervaring in het middelbaar onderwijs staat
ze heel dicht bij jongeren, ze begrijpt wat hen beweegt en
hoe verwarrend hun wereld kan zijn. Ze schrijft dan ook
over situaties en problemen waar jongeren mee te maken
hebben: over vriendschap, verliefdheid en homoseksuali-
teit, maar ook over serieuzere onderwerpen, zoals seksu-
eel misbruik en de dood. Caja Cazemiers levensechte en
herkenbare personages laten de lezer meeleven én mee-
voelen. Haar vlotte en toegankelijke schrijfstijl zorgt ervoor dat haar boeken voor een grote groep lezers interessant zijn.

Lees ook van Caja Cazemier:

Verliefd zijn is een ramp!
Survivalgids voor meiden
Survivalgids voor jongens
Survivalgids voor brugklassers
Naar de brugklas

Caja Cazemier

vliegende start

Uitgeverij Ploegsma Amsterdam

Voor Bertus

ISBN 90 216 1817 6 / NUR 283/284

© Tekst: Caja Cazemier 2004
Omslag: Studio Jan de Boer
Schatkaart: Eelke de Jong
© Copyright van deze uitgave: Uitgeverij Ploegsma bv,
Amsterdam 2004

Inhoud

yes!

Met de kriebels in haar buik keek Anne naar het wit met rode vliegtuig. Was het zó klein? Moesten ze dáár in?

Naast haar stond Daan, met over zijn ene schouder het hengsel van zijn zwarte rugzak en over zijn andere het gele touw waaraan zijn slaapzak bungelde. Ze keken elkaar aan en grijnsden. Anne wist precies wat Daan dacht, ze kenden elkaar tenslotte al zo lang. De bibbers in haar buik namen iets af.

Ze stonden al op het vliegveld. Nog even en ze zouden die trap beklimmen en in het toestel gaan zitten.

De wind trok aan Annes haar en ze schudde haar hoofd. Ze had er vannacht haast niet van kunnen slapen. Zij waren vast de allereerste brugklassers van Nederland die met het vliegtuig naar hun kennismakingskamp gingen.

Anne keek om zich heen. Toen ze met de auto aan kwamen rijden, had ze de startbaan zien liggen, een lange grijze reep asfalt met witte strepen. Net een gewone autoweg, had ze tegen Daan gezegd, die met hen meereed.

'Neuh,' zei Daan, 'een autoweg verdwijnt in de verte en deze stopt. Als we bij het einde zijn, hangen wij al in de lucht!' En hij gaf een stomp tegen haar bovenarm.

Evenwijdig aan de startbaan was een aantal gebouwen. De meeste waren hangars. Eén was lager. Dat zou de vertrek- en aankomsthal wel zijn waar zij en hun klasgenoten moesten verzamelen. Woorden die ineens inhoud kregen, dacht Anne. Ze had nog nooit gevlogen.

Haar vader had de auto geparkeerd en Anne en Daan hadden hun spullen uit de kofferbak van de auto gehaald. Daarna liepen ze naar de vertrekhal. Het was maar een klein groepje dat daar stond. Er moest drie keer gevlogen worden om hun hele klas naar Ameland te brengen.

Anne liet haar tas op de grond vallen. Daan bleef staan met zijn rugzak en zijn slaapzak.

'Ha, daar hebben we Anne en Daan,' zei mevrouw Scheltema terwijl ze op haar horloge keek. 'Nu is het wachten nog op Sam en Thom, dan zijn we compleet.'

Annes vader gaf de mentor een hand.

'En dit zijn Lieke en haar vader,' ging mevrouw Scheltema verder.

Annes vader schudde nog meer handen en Anne volgde zijn voorbeeld.

'Dag, ik ben Anne,' zei ze tegen de vader van Lieke. 'Wij vinden het erg leuk dat u dit voor onze klas heeft gedaan.'

'Ja, tof!' klonk Daans stem enthousiast achter haar rug.

Naast haar vader stond Lieke in een kort zomerjurkje en met haar zonnebril boven op het lange haar geschoven. Er hing een losse pluk voor haar ogen. Ze barstte bijna uit elkaar van trots. Ineens kon Anne niet meer uit brengen dan een kortaf: 'Hoi.'

Mevrouw Scheltema vervolgde: 'En dit zijn Adriaan en Asha, de subleiding.'

Anne keek op naar de lange vijfde-klassers. Iedere brugklas had twee van die grote leerlingen die er samen met de mentor voor moesten zorgen dat de verse brugpiepers het naar hun zin hadden op het Carry van Bruggen College. Ze gingen mee op kamp.

'Ze treffen het,' zei Annes vader, 'brugleider te zijn van klas B1D.'

'Ik vlieg met de eerste groep mee,' zei mevrouw Scheltema. 'Adriaan en Asha gaan met de rest van de klas mee, elk neemt de helft van de groep onder zijn hoede.'

'De helft van de rest,' mompelde Daan. 'Gelukkig geeft ze Engels en geen wiskunde.'

'Hebben jullie wel eens eerder gevlogen?' vroeg Annes vader aan de wachtende kinderen. Drie van hen beantwoordden de vraag met ja. Ondanks de twee dagen die ze al met elkaar hadden doorgebracht, kende Anne nog niet alle namen van haar nieuwe klasgenoten. Nou ja, als ze ze vrijdag maar wist. Daar was dit kamp voor, tenslotte.

'Ik dus ook,' zei Lieke. 'Mijn vader huurt wel vaker een vliegtuig.'

Ze zei het alsof het de normaalste zaak van de wereld was. Misschien was dat voor haar ook wel zo. Stel je voor...

'Dus het is niet uw eigen toestel?' hoorde Anne haar vader vragen. Ze kon wel door de grond zakken: stomme vraag, zeg!

'Nee, dat kan niet uit,' antwoordde Liekes vader met een grijns. 'Maar als ik weinig tijd heb voor een zakenbespreking elders in het land, huur ik altijd een vliegtuig. Nooit last van files!'

Flauw grapje, vond Anne. En als haar vader nu maar niet ging vragen wat voor werk hij deed.

'En wat voor werk doet u, als ik vragen mag?'

Anne zuchtte. Iets waar je rijk van wordt, dacht ze, heel rijk. Ze ving iets op over software, maar in gedachten hoorde ze ineens weer het gejuich dat in de klas was opgegaan toen Lieke met het plan van haar vader kwam. Dat was maandag, nu twee dagen geleden. Aan het eind van de zomervakantie hadden ze allemaal thuis een brief gekregen met het programma van de eerste schoolweek: maandag lesrooster en boeken ophalen, dinsdag een introductiedag op school met een speurtocht in en om het schoolgebouw en woensdag tot en met vrijdag kennismakingskamp op Ameland.

En toen kwam Lieke maandag ineens met de veranderde manier van reizen. Ze zouden niet met de trein en de boot, zoals in de brief stond, maar met het vliegtuig! Haar vader had dat aangeboden en het was nog in de vakantie geregeld. Hun kamp kon al niet meer stuk!

'O, kijk, daar is de tweeling,' riep mevrouw Scheltema uit.

Twee dezelfde jongens kwamen aangelopen: Sam en Thom. Ze zagen er exact hetzelfde uit. Zelfs hun manier van lopen was gelijk. Alleen hun tassen hadden een andere kleur.

Ze waren net zo dun als hun namen, dacht Anne, terwijl ze toekeek hoe de jongens de groep begroetten.

Daarna werd er afscheid genomen van alle ouders, en nu liepen ze dan naar het wachtende vliegtuig. Het was wit en had een horizontale rode streep over zijn lichaam. De punten van de vleugels én de staart waren ook rood. Het was een geruststellende kleur. Anne hield van rood.

Nou, waar wachtten ze op? Om haar heen was het praten van haar nieuwe klasgenoten steeds luider geworden. Allemaal zenuwen, wist Anne. Ze werd er zelf ook nerveus van. Daan moest dat ook voelen, maar zag er heel relaxed uit. Ondanks het mooie weer droeg hij een lange broek en lange mouwen. De rest van de groep zag er op dit vroege uur al zomers uit met blote armen en benen. Daan niet. Daan zou nooit met blote benen verschijnen.

De ketting die altijd aan Daans broekspijp hing, rammelde toen de groep in beweging kwam. Anne schrok op. Yes! Ze vertrokken!

Alles oké?

Haar hart schakelde over naar een hogere versnelling toen Anne achter Daan de vliegtuigtrap beklom. Boven draaide ze zich om en zwaaide naar haar vader, die boog, een kus op zijn handpalm drukte en die naar haar toe blies.

Snel keerde Anne zich weer om; hopelijk had niemand het gezien. Ze hoefden hier niet te weten hoe maf haar vader kon doen. Die oorbel van hem was al gek genoeg!

Ze moest bukken toen ze het toestel in stapte. Er konden maar tien mensen in: de piloot, naast hem mevrouw Scheltema en acht kinderen. Het leek bijna een soort minibusje: vijf maal twee stoelen. Maar het stuur en alles waren wel heel anders.

'Hier,' zei Daan.

Hij wilde natuurlijk de piloot op zijn vingers kijken.

'Achteraan kun je beter naar buiten kijken,' zei Anne.

'Neuh, zullen we hier?'

'Daar!' wees Anne.

Ze kreeg een duw in haar rug van het meisje dat vlak achter haar stond. 'Loop eens door!'

Anne aarzelde. Daan was al bij de piloot gaan zitten, zag ze.

Weer duwde het meisje. 'Als jij nu bij hem gaat zitten, kan ik achterin,' zei ze.

Kirsten heette ze. Een heel kort rokje en een strak hemdje, heel veel krullen en roze lippenstift.

Anne besloot snel door te lopen naar achteren. Hier kon je goed naar beneden kijken, stelde ze tevreden vast. Op de voorste stoel, waar Daan zat, had je de vleugel onder je. Maar Daan had vast meer interesse voor de piloot en de cockpit dan voor het landschap. Hij verkondigde al twee dagen lang dat hij later piloot wilde worden, en dat was een hele tijd voor Daan. Nou, dan had hij nog een lange weg te gaan, want dan moest je vast een heel hoog diploma hebben.

Kirsten was op de stoel naast Anne gaan zitten, maar stond direct weer op.

'Thom of Sam, als nu één van jullie hier gaat zitten, dan kan jij daar zitten en ga ik hier.' Kirsten was een plaats naar voren opgeschoven en wees de jongens die achter haar aan het vliegtuig in waren gekomen eerst naar de vrijgekomen stoel naast Anne en daarna naar die naast haarzelf.

De tweeling deed wat Kirsten vroeg.

'Tof is dit, hè?' Anne keek haar buurman aan.

Zijn bruine ogen schitterden onder het korte haar dat door gel overeind werd gehouden. 'Ja, we hebben wel mazzel,' zei hij.

Kirsten draaide zich om. 'Ik ook,' zei ze, 'twee van die leuke jongens in de klas in plaats van één.'

'Goed, jongens en meisjes,' zei de piloot toen iedereen ingestapt was. 'Welkom aan boord op deze bijzondere schoolreis. Jullie zijn bofkonten, heb ik begrepen. Er zullen niet veel kinderen zijn die zo naar hun schoolkamp gebracht worden. Ik hoop dat jullie ervan genieten.'

Ondertussen liep hij tussen hen door. 'Mooi, jullie hebben allemaal je riemen vast. Zo, prima, in orde. Het zakje in het netje van de rugleuning voor je is...'

'Om in te kotsen!' riep Kirsten.

'...maar er is weinig turbulentie in de lucht,' ging de piloot onverstoorbaar verder, 'dus dat zul je niet nodig hebben. Het is prachtig weer, zo goed als onbewolkt, dus jullie hebben echt geluk. Ik wens jullie een goede vlucht.'

Even later voelde Anne dat de motor ging brommen. Ze wierp een snelle blik naar buiten en zette zich schrap. Maar het vliegtuig ging heel rustig rijden. Ze zwaaiden naar hun ouders die even verderop waren blijven wachten.

'Nou, dat gaat ook niet snel,' zei Anne.

'Taxiën heet dit,' zei de jongen naast haar. 'En straks gaat het wel ineens heel snel.'

Ze deden er vijf minuten over om de startbaan te bereiken. En plotseling voelde Anne hoe ze tegen de rugleuning werd gedrukt. Veel sneller dan ze van een auto gewend was, trokken ze op. Buiten zag ze het gras en de bomen en de weg erachter in vliegende vaart voorbij schieten. En nog sneller ging het. Zo snel had ze nog nooit gereden! Maar nee, ze reden niet meer. Het hobbelen was opgehouden, ze vlogen!

Ze waren los! In haar maag voelde ze dat ze omhoog gingen, een beetje zoals op de kermis. En even later ook in haar oren. Wauw, wat was dit spectaculair! Ze was vergeten dat ze het toch ook een beetje eng vond. Ademloos keek ze naar het vliegveld, het weiland, de boerderijen, de sloten, de weg, de auto's: alles werd kleiner en kleiner.

Enthousiast keek ze opzij, maar haar buurman keek strak voor zich uit.

'Alles oké?' vroeg ze.

Hij keek haar even aan en glimlachte. Was hij bleker dan zonet?

'Even wennen,' zei hij.

'Moet je kijken, het is fantastisch!' Anne had haar blik

weer op buiten gericht. Alles was alweer een stuk kleiner geworden. Auto's leken speelgoedauto's, bomen werden struiken, weilanden en bouwland waren als een mozaïek van de kleuren groen, geel en bruin. Koeien waren stipjes en mensen kon je niet eens meer zien.

Wat zag je veel van het land! Wegen en water slingerden er kronkelend doorheen. En daar een strakke streep: de snelweg zeker. De autootjes leken er stil te staan.

Ze voelde zich ineens schuldig over de lelijke gedachte die door haar heen was gegaan toen ze Lieke net zag op het vliegveld. Zonder Lieke had ze dit nooit kunnen beleven.

Om haar heen werd driftig gepraat en gewezen. Mevrouw Scheltema noemde een paar plaatsnamen. De jongen naast Anne zat nu ook naar buiten te kijken. Ze wezen elkaar naar dorpen, een meer, de trein. De spanning in haar buik was compleet opgelost.

Heel af en toe dreven ze een wolk in. Zo voelde dat hierboven. Je had geen idee van de snelheid waarmee ze vlogen, want je zag die kilometers per uur niet. Maar die hadden ze natuurlijk wel. De piloot gaf informatie over snelheid en hoogte.

Op het moment dat Anne het toestel weer inkeek, draaide Daan zich net om en zag ze zijn lachende ogen. Yes! leken ze te zeggen. Dit is top! Ach, ze hoefde niet naast Daan te zitten. Ze konden ook zo deze ervaring delen.

Veel te snel kwam de kustlijn van Friesland in zicht. De Waddenzee!

'Kijk, je kunt heel goed de ondiepte zien,' wees ze haar buurman. 'Het water heeft verschillende kleuren.'

Mevrouw Scheltema wees hen er ook op: 'Ameland in zicht, jongens, nog even en we zijn er.'

Ze lieten allemaal een langgerekt 'Oohhh' horen.

Toen het vliegtuig een bocht maakte, zag Anne links uit het raam alleen maar blauw en rechts keek ze recht op het eiland. Ameland werd groter en groter. Anne zag de vier dorpen, het groen van het grasland en het geel van het strand. Alles kwam nu snel dichterbij. En ook de kriebels kwamen terug. Ze moesten niet neerstorten! Was dat normaal, zo vlug als dat ging? Kijk, daar was de landingsbaan al! En ze gingen nog zo hard! Moest de piloot niet remmen?

Anne keek naar Daan, maar zag alleen zijn achterhoofd. Als we neerstorten, dacht Anne, heb ik in ieder geval gevlogen.

Maar ze stortten niet neer. Ineens was er een lichte schok. Grond onder de wielen! Ze reden weer in plaats van te vliegen. Nee, dit was geen rijden meer te noemen. Ze remden zo hard dat het vliegtuig in enkele seconden stilstond.

Anne zuchtte. Dit was voorbij. Nu op naar het kamp!

Is het nog ver?

Opgewonden pratend verlieten ze het vliegtuig. Achter mevrouw Scheltema aan liepen ze in de richting van Ballum, waar ze fietsen zouden huren. De kampeerboerderij stond in Nes, wist Anne. Gelukkig hoefden ze niet met hun bagage te sjouwen. Die zou hun achterna worden gebracht.

'Is het nog ver?' vroeg Daan.

'Wat?' vroeg mevrouw Scheltema. 'Ballum of Nes?'

'Ballum.'

'Ligt daar.' Mevrouw Scheltema wees. 'En Nes is een kilometer of zeven fietsen.'

'Poeh,' zei Daan. Toen begon hij enthousiast te vertellen over het stuurwiel en de verschillende meters en de andere instrumenten uit de cockpit van het vliegtuig tot Kirsten tussen hen in kwam lopen. Ze gaf Daan een stralende glimlach.

'Wat grappig, zo'n ketting,' begon ze.

Ai, dat moest pijn aan zijn oren doen, dacht Anne. Daans ketting was niet 'grappig', zijn ketting was een verlengstuk van hemzelf. Daan droeg hem altijd. Het was een zilverkleurige ketting met grote schakels, die bij het lusje in de taille van zijn broek begon en eindigde in de zak aan de buitenkant van zijn broekspijp. Altijd als Daan in beweging was, hoorde je het gerammel van de ketting.

'En je haar, wat léúk!' Kirsten wees naar de rode rechtopstaande plukken haar van Daan. 'Geverfd?'

'Yep.'

'Kost het veel tijd 's ochtends?'

'Veel minder tijd dan jij nodig hebt om je op te maken,' bromde Daan.

'Hoezo?' zei Kirsten. 'Heb jij verstand van meisjes?'

'Ja!' riep Daan uit. 'Ik heb een oudere zus. En die staat uren voor de spiegel.'

'En jij?' vroeg Kirsten aan Anne.

'Of ik verstand van meisjes heb?' Nee, eigenlijk niet, antwoordde Anne in gedachten. En zeker niet van types zoals jij.

'Nee, ik bedoel of jij ook een oudere broer of zus hebt,' verbeterde Kirsten haar lachend.

'Ik heb een broer van vijftien.'

'Zitten ze ook bij ons op school?' vroeg Kirsten.

Anne en Daan knikten allebei.

'Dus als ik iets wil weten over school, moet ik bij jullie zijn,' zei Kirsten. 'Ik heb nu al zin in vanavond!' ging ze verder. Kirsten keek alleen Daan aan toen ze vroeg: 'Doen jullie mee?'

'Waarmee?' vroeg hij.

'We gaan een feestje bouwen op de slaapzaal!' Kirsten wachtte het antwoord niet af. 'Nou, ik ga bij de tweeling lopen, hen ook vast uitnodigen.' En ze hield haar passen in.

'Hoe heet zij ook al weer?' vroeg Daan en wees naar achteren.

'Kirsten. Vind je haar leuk of zo?'

'Neuh, echt niet. Meisjes zijn stom,' zei Daan.

Anne gaf hem een stomp tegen zijn bovenarm. 'Sómmige meisjes zijn stom.'

Ze waren inmiddels in Ballum aangekomen en liepen

naar een fietsverhuurbedrijf. Omdat ze maar met weinig waren, was het uitzoeken van een geschikte fiets zo gebeurd en even later waren ze op weg naar Nes.

Anne fietste naast Daan die algauw mopperde dat het veel te ver was. De lange, rechte weg met links en rechts grasland was saai.

Even buiten Nes was de kampeerboerderij. Het leek of de duinen hier al een beetje begonnen. De omgeving was hobbelig en kaal met kort, geel gras. Ze zetten hun fietsen tegen de houten hekken die er speciaal voor leken te staan.

'De fiets hoeft niet op slot!' riep mevrouw Scheltema. 'De sleutels raken toch maar kwijt.'

Rechts van de boerderij was een trapveldje met twee doelpalen en aan de linkerkant waren schommels en een volleybalnet. Op het terras voor de boerderij stonden een tafeltennistafel en twee lange picknicktafels.

Natuurlijk gingen ze eerst binnen kijken. Links was een lage uitbouw waar de slaapzalen waren. Het rechtergedeelte, dat ooit een boerderij was geweest, begon met een grote hal met rechts de keuken en rechtdoor de eetzaal.

'Wanneer komen onze spullen?' vroegen ze hun mentor.

'De bagage komt pas als de rest er ook is,' antwoordde mevrouw Scheltema. 'Ze rijden niet drie keer voor ons. Ik zie dat de boodschappen wel al zijn bezorgd. Die zal ik eerst opruimen en dan ga ik koffie maken en wat te drinken voor jullie inschenken. Er is een volleybal, een voetbal en er zijn tafeltennisbatjes in de schuur. Ga maar eens kijken.'

'Voetballen?' stelde Anne de jongens voor.

Ze knikten. Alleen Daan niet, maar Anne wist wel dat hij niet mee zou doen. Hij haalde zijn diskman uit zijn broekzak en ging in de schaduw tegen de muur naar muziek zitten luisteren.

gatver, alweer!

Toen de laatste groep bij de kampeerboerderij aankwam, werd Lieke als een heldin binnengehaald. Iedereen stormde op haar af en begon te juichen. Kinderen sloegen haar op de schouders en er werd druk gepraat en gelachen.

Lieke straalde als een gloeilamp. 'Straks krijgt ze nog kortsluiting,' zei Anne. Ze stond met Daan wat achteraf en keek naar de groep. 'Ik weet niet waarom, maar ik kan niet zo goed tegen Lieke.'

'Je bent dan wel de enige die er zo over denkt,' zei Daan.

Mevrouw Scheltema kwam ook aangelopen. Ze zei: 'Zo, nu zijn we compleet. Jullie hebben gezien dat de bagage is gebracht.' Ze wees op de stapel tassen en rugzakken op het terras. 'Straks mag je een slaapplaats uitzoeken. Er staat wat te drinken voor jullie klaar, dus kom eerst naar binnen. Ondertussen doen we een kort kennismakingsspel.'

'Gatver, alweer!' riep iemand. Dat was Kirsten. 'Hebben we gisteren op school ook al gedaan.'

'Ja, Kirsten, alweer. Ik heb niet de illusie dat jullie elkaar al voldoende kennen.'

'Dat komt vanzelf toch wel?!' zei Kirsten. 'Misschien wil ik wel alleen de jongens leren kennen.' Ze lachte om haar eigen grapje. Een paar meiden lachten mee. 'Hier hebben we dus geen zin in. Dat kinderachtige gedoe...'

'Je doet gewoon mee,' zei mevrouw Scheltema luchtig.

Binnen in de eetzaal stonden bekers met limonade klaar.

Ze gingen aan de tafels zitten die in een u-vorm tegen elkaar aan geschoven waren. Mevrouw Scheltema en Adriaan gingen rond met een bos touwtjes van ongelijke lengte. Asha deelde koeken uit.

'Wat moeten we hiermee?' vroeg de jongen tegenover Anne voor hij een touwtje trok. Hij was één van de tweeling. Had ze in het vliegtuig naast hem gezeten of naast zijn broer?

Mevrouw Scheltema schudde haar hoofd. 'Dat hoor je straks wel.'

'Hoe kan ik nu weten of ik een lang of kort touwtje moet nemen?' vroeg hij.

Mevrouw Scheltema lachte. 'Dat hoort bij het spel. Je kunt er ook blind één trekken.'

'Oké.' Hij deed zijn ogen dicht en trok een touwje. Het was een tamelijk korte.

Anne nam een lange.

'Goed, luister,' begon mevrouw Scheltema. 'Je windt het touwtje om je duim. Je spreekt af wie begint. Daarna neem je het uiteinde van het touwtje tussen duim en wijsvinger en je gaat het langzaam afrollen. Zolang dat duurt, vertel je over jezelf aan degene die tegenover je zit. Duidelijk?'

'Wie eerst?' vroeg Anne.

'Ik begin wel,' zei één van de tweeling met een grijns.

Anne liet haar blik door de groep dwalen om te zien waar de andere helft van de tweeling was. Die zat een paar stoelen verder tegenover Boyan, een jongen die alleen maar opviel omdat hij niks zei en een aparte naam had.

'Oké, beginnen maar!'

'Nou, ik ben dus Sam. Ik ben twaalf jaar. Thom is dus mijn jongere broertje. Hij is vijf minuten jonger dan ik. Verder hebben we geen andere broertjes of zusjes. Onze ouders wilden dat we allebei naar een andere brugklas zouden gaan, maar wij wilden dus bij elkaar. En nu hoef ik niet meer te vertellen, want mijn touwtje is op. En o ja, onze hobby is dans.'

Om hen heen was er nog een sterk geroezemoes van stemmen. Sam had wel een heel kort touwtje getrokken, zo leek het wel.

Anne zei: 'Jullie lijken verschrikkelijk veel op elkaar!'

'Ja, bijna niemand kan ons uit elkaar houden.'

Het klonk trots, vond Anne. Haar leek het niets, zo'n kopie van zichzelf.

'Is er wel verschil tussen jullie?' vroeg ze.

'Tuurlijk!'

'Wat dan?'

Maar Sam schudde zijn hoofd. 'Da's voorlopig nog geheim. Heb jij er zin in?'

Anne schopte met haar voet tegen de tafelpoot. 'In school of in het kamp?'

'In het kamp natuurlijk.'

'Ja, best wel,' zei Anne.

In school heus ook wel, dacht ze, maar dat zei ze niet. Ze vond het ook eng. Of eng was misschien het goede woord niet. Spannend was beter gezegd. Of ze het allemaal wel kon en zo. Ze keek de jongen tegenover haar nog eens aan en wierp toen een blik op zijn broer even verderop. Zou hij er ook tegen opzien om naar de brugklas te gaan? Of was het anders als je je broer bij je had?

'Dragen jullie altijd dezelfde kleren?' vroeg ze.

Sam lachte. 'Vaak wel, vinden we leuk.'

'Je vindt het dus leuk om ons in de war te brengen,' constateerde Anne.

Sam grijnsde. 'Zoiets. Maar heus niet altijd, hoor.'

Anne vond hem wel aardig, dus ze kon het niet erg vinden. 'En had jij zin in het kamp?'

'Ja. Ik ben benieuwd wat we allemaal gaan doen. Het is leuk dat die vijfde-klassers mee zijn. Ze lijken me aardig. Mevrouw Scheltema ook.'

Asha kwam langs met een kan limonade om de lege bekers opnieuw te vullen.

'Zat ik nou naast jou in het vliegtuig?' vroeg Anne tussen twee slokken in.

Sam lachte. 'Ja. En ik vond het eerst best eng, maar daarna dus niet meer.'

'Nu mag ik vertellen,' zei Anne. 'Ik hou van voetbal...'

'Je voetbalt goed,' zei Sam. 'Zit je erop?'

'Ja, en op survival.'

'Wat is dat?'

'Survival? We hebben een terrein met allemaal bomen en klimpalen en netten en touwladders. Aan de ene kant omhoog, aan de andere kant omlaag. Van het ene touw naar het andere. En als je alleen hoog boven je hoofd touwen hebt, dan moet je je optrekken. We hebben een heel circuit met hindernissen. Maar we hebben ook looptraining en er is een sloot met balken, waar je overheen moet. Als het mooi weer is, gaan we ook zwemmen.'

'Leuk!'

Anne keek naar het touwtje om haar duim, dat nog voor de helft opgerold was.

'Ik heb ook één broer. Hij zit bij ons op school, in de vierde. Mijn moeder werkt en mijn vader niet. Die is huisman. En we hebben een hond.'

'Wat voor een?'

'Gewoon, een zwart met witte. Niet een bepaald ras of zo. Beetje lang haar. Middelgroot. En heel lief. Hebben jullie huisdieren?'

'Een kat,' zei Sam. 'Maar jij moest vertellen!'

'O ja. Nou ja. Wat nog meer? Ik kom van basisschool De Wilg, net als Daan en Lara. Ik ben al vanaf groep één bevriend met Daan.'

'Zoiets dacht ik wel. En wie is Lara?' vroeg Sam.

Anne keek de groep rond en wees hem een meisje aan dat bijna aan het einde van de tafel zat. 'Die met die donkerblonde paardenstaart en dat zwarte bloesje met kleine bloemetjes.'

Daarna hield ze haar duim omhoog. 'En nu is het touwtje op.'

Ze keken elkaar aan.

Dit wordt een leuk kamp, dacht Anne.

Ik ga boven je liggen

Er werd druk gekletst, touwtje of geen touwtje. Het duurde even voor ze door hadden dat mevrouw Scheltema iets
wilde zeggen.

'Oké, jongens en meiden. Het is inmiddels bijna etens-
tijd. Het is zulk mooi weer, dat kunnen we buiten wel doen.
De eerste corveegroep helpt tafeldekken. Ik verwacht over
tien minuten in de keuken...' En ze noemde vier namen.
Daarna wees ze achter zich, waar aan de wand een school-
bord hing met namen erop geschreven. 'Iedereen is een
keer aan de beurt. Je kunt op het bord lezen wanneer. En
dan kunnen jullie nu een slaapplaats uitzoeken.'

Onmiddellijk stond iedereen op en trok een sprint naar
de deur, naar buiten, waar de bagage stond.

Het was even een enorm gedoe. Kinderen struikelden
over elkaar om bij hun tassen te kunnen komen. Ze duw-
den en graaiden en gilden: 'Waar is mijn tas? Mijn rugzak
is er niet bij!' Daarna renden ze naar de slaapzalen.

Anne werd achteruit getrokken door Daan. 'Maak je niet
druk! Onze tassen blijven vanzelf over.'

Ook Lara stond toe te kijken. 'Die heeft veel bij zich,'
wees ze op Lieke, die met twee grote tassen liep.

Anne pakte als een van de laatsten haar tas en liep de
meiden achterna, de gang naar de slaapzalen in. Er waren
twee zalen voor de meiden en twee voor de jongens, elk met
vier stapelbedden. En nog een aparte kamer voor de leiding

waar alleen mevrouw Scheltema sliep. Asha zou bij de meiden gaan slapen, Adriaan bij de jongens. Achteraan in de gang waren de wc's en de douches.

Anne liep de eerste slaapzaal binnen om te kijken wie daar lagen. Toen liep ze door naar de tweede zaal.

In die korte tijd was de zaal al een warboel van slaapzakken, kleren en uitpuilende tassen geworden. Verbaasd keek Anne ernaar. Er hing een sterke deodorantgeur. Naast een van de bedden stond Kirsten in een lichtgele, kanten bh. Ze was zich aan het omkleden. Naast haar stond Lieke, met lippenstift en een spiegeltje in haar handen.

Twee grote meiden, dacht Anne ineens. Ze leken meer op de vriendinnen van haar broer dan op brugklassers.

'Het is hier vol!' riepen Lieke en Kirsten tegelijkertijd.

Anne ging terug naar de eerste slaapzaal. Daar waren nog bedden vrij. Ze hadden dertien meisjes in de klas en als de andere slaapzaal vol was, bleven hier drie bedden leeg. Twee, als Asha hier ook sliep.

Waar zou ze gaan liggen? In de hoek was Lara al bezig haar bed op te maken.

'Ik ga boven je liggen,' zei Anne tegen haar. Ze deed het hoeslaken om het matras en rolde haar slaapzak uit.

Toen dat klaar was, schoof ze haar tas in de hoek en ging naar de wc. Terwijl ze haar handen waste, keek ze in de spiegel.

Het beeld van Kirsten zoals ze haar net had gezien, schoof over haar spiegelbeeld. Ze was zo helemaal wat Anne niet was: een mooie meid met een fraai lijf. Ze was al echt een jonge vrouw.

De bruine ogen in de spiegel keken de echte Anne aan. Anne liet haar blik zakken naar haar kleine borsten. Zij had nog geen beha nodig.

Heel lang wilde ze helemaal geen borsten. Was ze zelfs boos dat ze borsten kreeg. Nog steeds had ze het gevoel dat ze niet goed bij haar pasten. Ze voelde zich geen meisje. Haar ouders zeiden ook vaak genoeg dat ze zich als een jongen gedroeg. Ze hield nu eenmaal van voetballen en buiten spelen en stoeien. Maar jongens kregen geen borsten.

Achter zich hoorde Anne de deur van de wc's opengaan en ze boog zich voorover over de lange wasbak. Ze spoelde koud water over haar gezicht en ging daarna naar buiten. Overal zaten of hingen groepjes kinderen die al klaar waren met hun spullen. Anne stapte op een paar jongens af die tegen de bal trapten.

Even later werd er geroepen dat ze gingen eten. Aan de twee lange picknicktafels op het terras aten ze hun meegebrachte boterhammen op. Anne had reuzenhonger. Het was leuk om zo met de hele klas te eten!

Anne zat tussen één van de tweeling en Daan in, tegenover Lara en de andere van de tweeling. Ze praatten over de vliegtocht.

'Wie van jullie is nou Sam?' vroeg Anne op een gegeven moment, terwijl ze van het ene gezicht naar het andere keek.

'Ik,' zei Thom.

'Nee, ik,' zei Sam.

'Raden,' zei de eerste.

Om haar heen werd gelachen, maar Anne kon er niet aan meedoen. Het bracht haar in de war. Ze had het nodig om even naar Daan te kijken, die zijn schouders ophaalde. 'Maak je niet druk.'

Nu was iedereen zo goed als klaar met zijn boterhammen. Mevrouw Scheltema klapte in haar handen en maakte sussende geluiden, maar het duurde een poos voor het stil was.

Toen zei ze: 'Groep twee is nu aan de beurt voor corvee. Tafel afruimen en afwassen. Dat is verplicht, mensen, groep één heeft wat dat betreft niet het goede voorbeeld gegeven.'

Een jongen aan het einde van de tafel werd door zijn buren op zijn schouders en rug geslagen.

'We noemen geen namen,' zei mevrouw Scheltema lachend, 'maar niemand mag zich drukken, net als bij alles wat we gaan ondernemen. Iedereen doet mee. Vanmiddag doen we het ruilspel. We komen over een half uur weer hier.'

Anne liep wat rond. Lieke en Kirsten zaten rond de schommels met een groepje meiden om hen heen. Zag ze het goed? Ze lakten hun teennagels. Met deze meiden zou ze dus ook moeten optrekken. Dit waren haar nieuwe klasgenoten. Verderop waren de jongens aan het voetballen en tafeltennissen. Met wie zou ze meedoen? Anne keek van de ene groep naar de andere. Besluiteloos bleef ze even staan luisteren naar Lieke die ondertussen vertelde over het huis waar ze woonde.

Maar waar was Daan eigenlijk? Ze zag hem niet, wel de tweeling die een eindje verderop in het gras op hun rug in de zon lag. Anne liep naar hen toe.

'Moeten jullie niet meedoen?' vroeg ze terwijl ze naar de voetballers wees.

'Nee, jij?'

Anne schudde haar hoofd. 'Interessante verhalen worden daar verteld,' zei ze toen en wees naar de schommels.

'Och, die verhalen van Lieke kennen we wel,' zei Sam. Of Thom.

'Hoezo?' vroeg Anne.

'Zij zat bij ons in groep acht. Type verwend nest,' zei de

ander. 'Vraagt alles, krijgt alles, heeft alles.'

Zijn broer knikte. 'Verder is ze wel oké, hoor. Zij kan er tenslotte ook niks aan doen dat ze een rijke pa heeft.'

'En in een huis met een zwembad woont.'

'En een eigen paard heeft.'

'En een nieuw mobieltje krijgt als ze die van haar op school laat liggen.'

Anne luisterde met grote ogen. 'Echt?'

'Ze had een keer haar tas op school laten liggen. Mobiel erin, gymschoenen erin.'

'Dus die tas hing daar twee, drie dagen. Vroeg de meester van wie die tas was. Lieke hoefde hem niet terug, zei ze. Ze had al een nieuw mobieltje en ook nieuwe gymkleren.'

'Ja, en wie het meest bood, mocht het mobieltje hebben.'

'Maar ze is best aardig.'

'En heel gul.'

'Dat is zo. Kijk, ze komt eraan. Zou ze voelen dat we het over haar hadden?'

Inderdaad kwam Lieke aangelopen, met Kirsten en nog een meisje: Reny.

'Mogen we erbij zitten?' vroegen ze en ploften naast hen in het gras.

Anne keek naar de paars gelakte nagels. Eigenlijk vond ze het helemaal niet leuk dat ze erbij gekomen waren. Anne zag Lara in haar eentje rondlopen en wenkte haar.

Even later hoorden ze hun klasgenoten gillen dat ze moesten verzamelen. Anne stond gauw op en zag Daan aan één van de picknicktafels op het terras zitten.

'Waar was jij?' vroeg ze.

'Achter de boerderij, daar liggen konijnenkeutels. Ik keek wat rond. Interessant zo'n duinlandschap. Misschien word ik wel bioloog, later.'

Mevrouw Scheltema legde uit wat de bedoeling was van het ruilspel. Ze moesten in drietallen erop uit. Ze kregen een voorwerp mee dat weinig waarde had. Daarmee moesten ze langs de huizen van het dorp gaan en vriendelijk vragen of ze het mochten ruilen tegen iets wat meer waarde had. Dat konden ze dan opnieuw ruilen. Wie met het meest waardevolle voorwerp terugkwam, had gewonnen.

'Je moet vooral heel vriendelijk blijven,' benadrukte mevrouw Scheltema. 'Spreek met elkaar af wie het woord doet en ga vooral niet tegelijk praten, dan overval je de mensen. Schrijf op wat je krijgt en waartegen je het ruilt. Houd er rekening mee dat mensen niet mee willen werken. Dat hoort bij het spel. Ga ook niet met de hele groep in dezelfde straat lopen. Die mensen worden dan gek van jullie en dan krijg je natuurlijk niks. Verspreid je maar over het dorp.'

De mentor deelde de groepen in door steeds tot acht te tellen. Zo ontstonden acht groepen van drie.

'Ik heb theezakjes, wasknijpers en paperclips,' ging mevrouw Scheltema verder. 'Kies één van die voorwerpen uit waarmee je op pad gaat. Je moet uiterlijk om vijf uur terug zijn.'

Anne was ingedeeld bij Boyan en één van de tweeling. Die was leuk natuurlijk, maar Boyan, daar baalde ze een beetje van. Ze bekeek hem eens goed. Hij leek zo saai. Hij keek wat sloom uit zijn bebrilde ogen en als hij al een pot gel in de badkamer had staan, dan gebruikte hij hem niet. Nou ja, het kon erger: met alleen meisjes.

'Eerst zeggen wie je bent,' zei Anne tegen de helft van de tweeling.

'Thom,' zei Thom.

'Echt?' vroeg Anne voor de zekerheid.

Dat is nep

'Goed, wat doen wij?' Anne keek Boyan en Thom aan. 'Waar beginnen we?'

'Aan de andere kant van het dorp,' stelde Thom voor. 'Daar is het rustig.'

'We kunnen ook naar het volgende dorp lopen,' zei Boyan. 'Daar is niemand, en kunnen we onze gang gaan.'

'Hoe ver is dat?' vroeg Thom.

'Niet zo ver, heb ik op de kaart gezien. Twee kilometer?'

'Welke kaart?' vroeg Anne. 'Heb jij een kaart van het eiland?'

'Nee, er hangt er een in de hal van de boerderij.'

'Doen we.' Anne keek Thom aan. 'Mee eens?'

Die knikte. Daarna vroeg ze Boyan: 'En hoe komen we daar?'

'Die kant op,' zei hij. 'Naar het oosten. En er staan overal borden.'

Onderweg zagen ze groepjes bij de deuren staan praten. Aan de gezichten van de bewoners te zien hadden die wisselend succes.

In Buren belden ze bij het eerste huis aan. Thom deed het woord. Vriendelijk vroeg hij of ze het theezakje mochten ruilen tegen iets wat meer waarde had.

'Maar wat willen jullie hebben, dan?' vroeg de man.

Ze keken elkaar aan. 'Dat laten we aan u over. Wat u maar geven wilt.'

'Ik zal kijken wat ik heb,' zei de man en verdween. Even later kwam hij terug met twee theezakjes. 'Is dit goed? Dit is meer waard dan één.'

Ze hadden afgesproken dat Boyan zou opschrijven wat ze kregen. Anne en Thom belden om de beurt aan.

'Nee, dank je, daar werk ik niet aan mee,' zei de vrouw van het huis ernaast en de inwoner dáárnaast ruilde de twee theezakjes tegen een pakje appelsap. Vervolgens troffen ze een paar mensen die niks wilden geven en daarna kregen ze een paar appels voor het sap in de plaats.

In het volgende huis deed een kind open, dat zijn moeder erbij riep en ervoor zorgde dat ze konden ruilen tegen een rol snoep. Anne betwijfelde of het echt meer waarde had, maar dat vond het jongetje ongetwijfeld wel. Ze namen het uiteraard aan.

'Jammer dat we het niet kunnen opeten,' zei Boyan terwijl hij smakkende geluiden maakte. Toen klopte hij op zijn broekzak. 'Ik heb geld bij me. We kopen straks gewoon zelf wat lekkers.'

Het snoep werd ingewisseld voor een pak koekjes en dat weer voor een kaars.

Het bleek steeds lastiger te worden om te ruilen. Ze waren nu ruim een uur onderweg. De kaars raakten ze kwijt in ruil voor een gloeilamp, en die voor een pen. Toen Boyan hun vangst met de pas gekregen pen wilde noteren, bleek die niet eens goed te schrijven.

'Moeten we opnieuw beginnen. Dit is natuurlijk waardeloos!' mopperde Anne.

'Kom op, we gaan eerst hier naar binnen, snoep kopen,' stelde Boyan voor toen ze bij een supermarkt stilstonden.

'Zullen we terug?' stelde Anne twee rollen drop en een zak chips later voor. 'Er is vast niemand die de pen wil hebben.' Ze begon er een beetje genoeg van te krijgen.

'Nog niet,' zei Boyan, 'laten we het nog bij een paar huizen proberen.'

'Dan mag jij nu uitleggen wat we aan het doen zijn.' Anne nam het aantekenblaadje van Boyan over en duwde hem een tuinpaadje op. Ze bleef met Thom een eindje achter hem staan wachten.

Een oude vrouw deed open. Boyan praatte een tijdje met haar. Wat vertelde hij allemaal? De vrouw keek langs hem heen naar hen en even later stapte Boyan naar binnen.

Thom en Anne keken elkaar aan. Wat deed die nou? Ze gingen op het tuinpad zitten.

Boyan viel eigenlijk best mee, dacht Anne. Hij zag er een beetje sloom uit en in de groep was hij een stille, maar met hun drieën was hij oké.

Het duurde even voor Boyan weer naar buiten kwam. Hij had een brede grijns op zijn gezicht en een trommeltje in zijn handen.

'Dat duurde lang,' zei Thom.

'Wat heb je gedaan?' vroeg Anne.

'Ze vroeg of ik even iets voor haar kon doen. Ze was de zolder aan het opruimen en er stond een grote kist die ze niet open kon krijgen. Door haar reuma heeft ze geen kracht in haar handen, zei ze. Er zaten spullen van haar overleden man in die ze wilde uitzoeken. Dus ik heb met een schroevendraaier net zo lang zitten prutsen tot ik het slot open kreeg. En in ruil voor de pen heb ik dit trommeltje gekregen.'

Trots liet hij het zien. Het was vierkant en vaal oranje van kleur. Er stond een afbeelding op, maar die was verbleekt en beschadigd. Je zag vaag nog wat lucht met wolken, het strand, een kar door paarden getrokken en de zee erachter. Aan de zijkant zat een soort slotje.

'Wat is het, een koektrommel?' vroeg Thom.

Boyan lachte. 'Ooit een koektrommel met een slot gezien? Nee, eerder een sieradenkistje of zo. Vanwege dat haakje en dat zilver, zie je wel?'

'Ja dag, dat had je gedroomd,' zei Anne verontwaardigd. 'Echt zilver zeker. En dat geeft die vrouw zomaar weg. Dat is nep, ouwe troep is het.'

'Nee,' zei Thom. 'Geen ouwe troep. Antiek. En antieke spullen zijn geld waard.'

'Het is best mooi,' zei Boyan. 'Ze was dus aan het opruimen en er stonden heel veel spullen en toen heeft ze dit ertussenuit gevist. Omdat ik haar geholpen had, zei ze, heeft ze iets moois voor me uitgezocht.'

'Ja, hebbes!' riep Anne ineens uit. 'Dat is allemaal meer waard dan zo'n stomme trommel. We gaan onze hulp aanbieden. Klusjes doen!'

'In ruil voor wat? Voor geld?' Thom trok zijn wenkbrauwen op. 'Dat hadden we eerder moeten bedenken. Het is al kwart over vier.'

Ondertussen waren ze verder gelopen.

'Maar wat doen we dan nu?' vroeg Anne.

Boyan, die het kistje als iets kostbaars voor zijn buik droeg, zei: 'Dit wil ik helemaal niet meer ruilen.'

'Dus terug naar de kampeerboerderij!' concludeerde Thom.

Boyan knikte. 'We hebben toch iets bijzonders? Als je bedenkt dat we met een theezakje zijn begonnen...'

'Kan het open?' vroeg Anne, naar het haakje wijzend. 'Wat zit er eigenlijk in?'

'Niks, het is leeg.' Boyan rammelde met de trommel, die dus geen geluid gaf.

'Mag ik eens zien?' vroeg Anne. Ze deed het kistje open. Het was bekleed met dikke, oranjerode stof. Ze liet haar vingers over de stof glijden. 'Lekker zacht.'

Toen voelde ze hoe onder de top van haar wijsvinger de stof begon te rimpelen. 'Wacht eens!' riep ze uit. Ze nam de trommel over van Boyan en met haar nagel probeerde ze onder de stof te komen. Het zat los! Ze pulkte het voorzichtig verder los.

Boyan en Thom keken toe.

'Een dubbele bodem,' zei Thom voor de grap.

'Ja, een geheime schat,' grinnikte Boyan.

De bodem die te voorschijn kwam, was van ander materiaal dan het kistje zelf.

'Jullie hebben gelijk!' Anne gilde het bijna uit. 'Kijk dan!'

Drie hoofden bogen zich over de trommel. 'Wie van jullie heeft nagels?' vroeg Anne. 'Ik kom er niet onder. Maar volgens mij kan de bodem eruit.'

Ook Boyan peuterde vergeefs met zijn nagel. 'Er zit wel beweging in!' zei hij. 'Kom, we gaan naar de boerderij en pakken een mes.'

Met het kistje onder zijn shirt liep Boyan in een snel tempo voor Anne en Thom uit.

Verschillende groepjes kinderen waren al terug, zag Anne. Mevrouw Scheltema stond in de eetzaal met Asha en Adriaan te praten, dus Anne, Boyan en Thom konden ongezien doorlopen naar de keuken.

Ze haalden een mes uit de la en Boyan zette dat tussen de zijkant en de bodem van de trommel. Het mes wrikte en de bodem gaf wat mee. Anne voelde hoe haar hart in haar keel klopte.

Toen schoot in één keer de bodem eruit...

nu hebben we een geheim

Alle drie keken ze naar het opgevouwen stuk vergeeld papier dat op de oranje bodem van het trommeltje lag. Het stond vol met priegelige, met de hand geschreven woorden.

Anne beet op haar lip. Wat zou het zijn? Wie van hen pakte het op? Even gebeurde er niets. Wachtten ze alledrie op elkaar?

'Toe dan,' zei Thom.

'Het is jouw trommeltje,' zei Anne tegen Boyan.

Boyan schudde zijn hoofd. '*Ons* trommeltje.' Maar zijn gezicht glom. Heel voorzichtig stak hij zijn hand uit. En trok hem weer terug.

'Wat is er?' vroeg Thom.

Boyan keek om zich heen. Ze stonden nog steeds in de keuken. De stemmen van de anderen klonken gedempt door de dichte deur. 'Dit is geheim,' zei hij.

'Pak nou!' Anne werd ongeduldig. Typisch iets voor een jongen, dacht ze.

Boyan draaide zijn lichaam zodat hij met zijn rug naar de deur stond. 'Als er nu iemand binnenkomt...'

Onwillekeurig schoven Anne en Thom dichter bij Boyan. Belachelijk, dacht Anne tegelijkertijd.

Toen pakte Boyan voorzichtig het papier op. Het was twee keer dubbelgevouwen. Het zag er oud uit en de rand van het papier was een beetje afgebrokkeld.

'Zo onleesbaar schrijft mijn oma ook,' zei Anne.

Het handschrift was inderdaad niet te lezen, ook omdat de inkt was verbleekt. Het papier had dus niet altijd in de trommel gezeten. Toen Boyan het openvouwde, brak een van de hoekjes af. Bovenaan stonden een paar regels drukletters voor het ouderwetse, schuine handschrift begon. Daarna draaide Boyan het om.

Ze staarden alle drie naar een tekening. Waarvan? Er waren lijnen, twee platte rechthoeken en drie kleine cirkels te zien, en een paar onleesbare woorden.

'Het lijkt wel een plattegrond,' zei Anne.

'Een schatkaart!' riepen Thom en Boyan tegelijk uit.

'Ja, hoor,' zei Anne. 'Natuurlijk, een schatkaart. Morgen gaan we zoeken en dan vinden we een kist met oude munten en zijn we miljonair.' Typisch jongens, dacht ze opnieuw. Daarin kon zij hen dus even niet volgen.

Ze staarden een tijdje zwijgend naar het papier dat Boyan nog steeds in zijn handen hield. Toen riep hij uit: 'Nu hebben we een geheim! We gaan een club oprichten en uitzoeken wat dit is!' Boyan zag er ineens heel gelukkig uit.

Anne zuchtte. Nee hè, die fase had je toch echt gehad als je brugklasser was. Ze keek Thom aan, die gelukkig ook heel bedenkelijk keek.

'Mag ik eens?' vroeg Thom en hij pakte het papier voorzichtig aan. 'Het is in ieder geval oud. En het lijkt echt of er aanwijzingen op staan. Kijk.' Hij draaide het papier een halve slag. 'Hier beginnen, dan in deze richting, daar naar rechts, dan die kant uit. Maar waarom is dat ineens een stippellijn? Het lijkt bij deze cirkel te eindigen. Wat daar staat, kan ik niet lezen. En die letters in de hoek al helemaal niet.'

'Het is best wel vaag eigenlijk.' Anne fronste haar wenk-

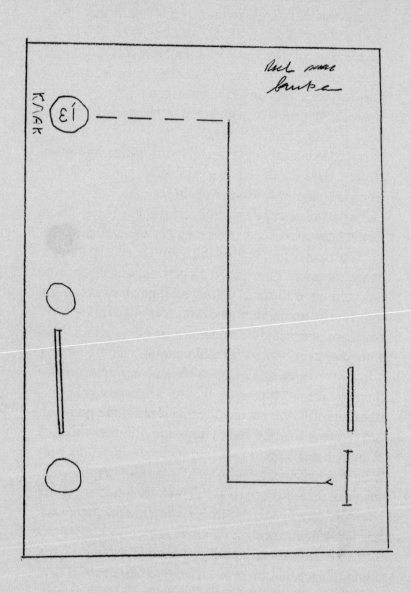

brauwen. 'Is het niet gewoon een kindertekening? Moet het een trein voorstellen? Een locomotief? Of een eh...?'

Thom en Boyan lachten. Anne zweeg beledigd.

'We gaan zoeken!' zei Thom ineens enthousiast.

'En waar wil je dat doen?' vroeg Anne.

Thom en Boyan keken elkaar aan. Wie zou antwoord geven?

Anne vroeg toen maar: 'Moeten we dit niet teruggeven?'

Nu keken ze háár allebei aan. 'Hoezo?'

'Nou ja, gewoon. Die vrouw gaf ons het trommeltje, niet een schat erbij cadeau.' Hoor haar, nu zei ze het zelf ook. Maar het enthousiasme van de jongens was wel aanstekelijk. En stel dat ze gelijk hadden?

Op dat moment ging de deur open. Geschrokken deed Thom het papier terug in de trommel en sloeg het dicht. Het was Adriaan, die binnenkwam en zei: 'Zo, jullie hier? Het lijkt wel een geheime samenzwering.'

'Nou nee,' zei Thom. 'We hadden dorst.'

Adriaan grijnsde. 'De kraan is anders dáár en de bekers staan dáár.'

Maar hij leek er niet langer bij stil te staan. 'We gaan verzamelen. Nu jullie hier toch zijn, kunnen jullie me mooi even helpen de kannen met limonade en de bekers mee naar buiten te nemen.'

Boyan keek ineens benauwd. 'Ik moet héél nodig naar de wc,' zei hij. 'Ik ben zo terug.' En hij verdween met het trommeltje onder zijn shirt.

'Slim,' zei Thom. 'Vanmiddag geheim overleg.'

Ja hoor, begon Thom nu ook? Jongens waren altijd haar vrienden geweest, maar dit was kinderachtig. Geïrriteerd pakte Anne de bekers uit de kast en zette ze op het dienblad dat Adriaan te voorschijn had gehaald.

Maar ik doe wel mee, dacht ze.

zo leer je elkaar kennen

Weer zaten ze aan de tafels op het terras. Onder leiding van mevrouw Scheltema deden de groepjes verslag van hun middag. De geruilde spullen stonden op tafel voor hen: een schrift, een heel pakje thee, een rol koekjes, een pak sinaasappelsap, een theekopje, een pak vouwblaadjes, een bolletje met gekleurde elastieken en hun trommeltje. Boyan had Anne een knipoog gegeven toen hij het op tafel zette. Hun trommel oogstte het grootste applaus. Vaag, vond Anne. Hoe kon zoiets ouds nou waardevol zijn? Maar ze zag wel dat het het meest bijzondere was van alle eindproducten van het spel, zoals mevrouw Scheltema het omschreef.

'Zit er ook wat in?' vroeg iemand.

Boyan schudde zijn hoofd. 'Het was jammer genoeg leeg.'

'Wat doen we hier nu mee?' vroeg Kirsten die op de voorwerpen op tafel wees.

'Niks,' antwoordde mevrouw Scheltema. 'Of eh... de koekjes kunnen opgegeten worden natuurlijk, de thee kan naar de keuken en als je zin hebt, ga je vliegtuigjes vouwen.'

'Waarom hebben we al die moeite dan gedaan?' Kirsten was verontwaardigd. Lieke en nog een paar meisjes vielen haar bij.

'Het ging niet om de opdracht zelf. Het gaat er tijdens

40

het kamp steeds om dat je met een groepje iets samen doet. Zo leer je elkaar kennen.'

'Mogen we de volgende keer zelf groepjes maken?' vroeg Kirsten.

'We zien wel,' zei mevrouw Scheltema en ze voegde eraan toe: 'Vrij tot aan het avondeten!'

Alsof het een startsein was, stormde de klas met veel lawaai weg. Als vanzelfsprekend liepen Daan en Sam met Anne, Thom en Boyan mee naar de achterkant van de boerderij, waar ze uit het zicht van de groep konden gaan zitten.

Boyan keek wat benauwd naar de nieuwkomers. 'Kunnen jullie een geheim bewaren?' vroeg hij.

'Natuurlijk,' zeiden Daan en Sam tegelijkertijd. En Sam voegde eraan toe: 'Jij?'

Boyan leek even tussen zijn schouders weg te kruipen. Daarna zei hij kortaf: 'Ja.'

Toen deed hij het trommeltje open en liet de kaart aan Daan en Sam zien. Ze waren het met elkaar eens: het moest een schatkaart voorstellen.

'We gaan zoeken!'

'Ja, wanneer?'

'Dat moet stiekem gebeuren. En alleen wij vijven.'

'Direct na het eten?'

'Of vannacht? Dan kunnen we ongezien weg.'

'En in het donker zoeken, zeker?'

'En wáár moeten we zoeken? Er staat geen aanwijzing op wáár we moeten zoeken.'

Ze vielen stil. Anne had niet meegedaan aan de discussie. Zelfs Daan, de altijd zo nuchtere Daan, was aangestoken door het enthousiasme van de anderen. Ze luisterde naar de opgewonden jongensstemmen en voelde zich plotseling alleen.

'Misschien is de tekening heel belangrijk voor die vrouw,' zei Anne toen het even stil was. 'Zij wist vast niet dat die erin zat. Ik vind nog steeds dat jullie hem terug moeten brengen.'

Ze voelde zich een spelbreekster, en dat was geen leuk gevoel. Maar ze moest het zeggen.

Boyan keek haar aan. Betekende die blik: geen meisjes erbij? Maar hij sloeg zijn handen op elkaar en zei: 'Rond het huis! Waar die vrouw woont! Dáár moeten we eerst gaan zoeken, denk ik.'

'Hier zitten ze!!!' hoorden ze plotseling. Achter hen stonden Kirsten en Lieke. Ze waren weer in het gezelschap van Reny.

'We hebben jullie overal gezocht,' zei Kirsten. 'Wat zitten jullie hier asociaal te doen.'

Reny knikte. 'We moeten van mevrouw Scheltema elkaar beter leren kennen.'

'Dat wordt nooit wat als jullie je de hele tijd afzonderen,' voegde Kirsten eraan toe.

De jongens protesteerden. 'We zonderen ons helemaal niet af, we zitten hier gewoon. En we zijn druk bezig elkaar te leren kennen.'

'Ja, maar zij bedoelt,' en Lieke wees op Kirsten, 'dat zij júllie graag beter wil leren kennen.'

Kirsten lachte en wees op Reny. 'En zij wil jullie ook graag beter leren kennen.'

Anne keek op naar Reny. Ook al zo'n forse meid, flink opgemaakt en met allemaal gekleurde strengen in het haar. Ze keek alleen een beetje vreemd uit haar ogen.

Boyan had de tekening en de trommel weggemoffeld en stond op toen Kirsten, Lieke en Reny zich bij hen in het gras lieten zakken. Heel even bleef hij nog staan, toen verdween hij om de hoek van de boerderij.

Anne luisterde naar het geklets. Daan had de luidsprekers van zijn diskman in zijn oren gedaan. Hij zat erbij, maar deed niet mee, zoals de tweeling. Vonden Sam en Thom die meisjes leuk?

Anne stond op en liep van het groepje weg en ook een eind van de boerderij vandaan. Waarom raakte zij nu zo geïrriteerd? Ze ging wel konijnenkeutels bestuderen, dacht ze. Daan had gelijk: het leek hier al een beetje op de duinen. Anne ging op haar rug tegen een bult in het gele gras liggen met haar handen onder haar hoofd.

Wie ben ik? dacht ze. En ze vond het vreemd dat te denken.

geslaagd grapje

Die avond had Anne corvee, samen met Thom, Lieke en nog een jongen. Mevrouw Scheltema spoelde de tomatensaus van de borden, Adriaan waste af en zij droogden. Lieke stond met een keukenhanddoek in haar handen ongelukkig te kijken.

'Hiermee?' vroeg ze en blies de haarlok voor haar gezicht weg.

Adriaan en mevrouw Scheltema begonnen te lachen, waarop Lieke nog ongelukkiger keek. Thom duwde haar een theedoek in handen.

'Afwasmachine?' informeerde Adriaan.

'Wij anders ook,' zeiden de twee jongens en Anne in koor.

'Echt?' Mevrouw Scheltema keek op. 'Hoeft niemand van jullie af te wassen 's avonds?'

'De tafel dekken én afruimen, de afwasmachine leeghalen en daarna vullen met de vuile vaat, mijn bed opmaken, mijn kamer opruimen én stofzuigen, de hond uitlaten, af en toe naar de super,' somde Anne op.

Lieke keek haar verbijsterd aan. 'En dat allemaal 's avonds?'

Anne grijnsde. 'Dit waren al mijn taken bij elkaar opgeteld voor 's avonds en overdag.'

Adriaan lachte. 'Dat moet ik ook hoor. Alleen de hond uitlaten hoef ik niet.'

'Waarom niet?' vroeg Lieke.

'We hebben geen hond.'

Anne en Thom barstten in lachen uit.

'Nou, het is heel goed dat jullie meehelpen met het huishouden,' zei mevrouw Scheltema.

Lieke keek van de een naar de ander en zei niks. Langzaam droogde ze de borden af. Pats! Ineens schrokken ze op van het bord dat Lieke uit haar handen liet vallen. De scherven stuiterden over de keukenvloer. Lieke gooide de theedoek weg en vloog de keuken uit.

'Waar gaat die nou naartoe?' vroeg Thom.

Mevrouw Scheltema legde de afwasborstel in de gootsteen en ging haar achterna.

'Het eten was wel lekker, vonden jullie niet?' vroeg Adriaan toen maar terwijl hij de scherven opveegde. Ze hadden macaroni gegeten met ham, kaas en tomatensaus, en komkommer erbij.

'Heb jij soms gekookt?' vroeg Thom.

'Met zijn drieën, mevrouw Scheltema, Asha en ik. Nee, met zijn vieren. Boyan kwam helpen.'

'Boyan?'

'Ja, hij houdt van koken, zei hij,' antwoordde Adriaan.

De afwas was bijna klaar toen mevrouw Scheltema terugkwam, zonder Lieke.

'Hoeft ze niet meer mee te helpen?' vroeg Thom.

'Wat was er met haar?' vroeg Anne.

'Ze zag erg tegen het kamp op, meer kan ik jullie niet zeggen. Doe maar zo gewoon mogelijk tegen haar, daar help je haar het beste mee.'

'Nou ja!' barstte Anne uit toen de afwas klaar was en ze samen met Thom de keuken uitliep. 'Alsof Lieke zo gewoon is! En dan moet je wel gewoon tegen haar doen.'

Thom grijnsde. 'Dat zijn twee heel verschillende dingen.'

'En dan hoef je dus niet meer mee te doen met corvee,' concludeerde Anne.

'Dan zie ik met terugwerkende kracht ook tegen het kamp op,' lachte Thom.

'Jammer dat de afwas al is gedaan,' zei Anne en stak haar tong tegen hem uit. Thom reageerde met een stoot van zijn vuist in de richting van haar maag en liep onmiddellijk bij haar weg.

'Thom!' riep Anne en zette de achtervolging in.

Pas toen ze een eindje van de rest af waren, stond hij stil.

'Ik ben Sam,' zei hij.

Anne botste bijna tegen hem op. Ze hapte naar adem en heus niet omdat ze moe was van de sprint.

'Sam?'

Even, heel even leek alles stil te staan. Hij is leuk, dacht ze in dat ene moment. En dan moet hij niet...

Het was natuurlijk een geintje. En ze kon toch wel tegen een geintje?

'Boos?' vroeg Sam.

'Ja. Nee. Ik weet het niet.' Anne draaide zich om en liep weg van Sam. Waarom deed ze nou zo... kinderachtig?

Sam kwam haar achterna. 'Wacht, Anne!' Hij pakte haar bij haar schouder vast, maar Anne rukte zich los.

'Ik...' begon ze. Wat nou ik? dacht ze. Kind, stel je niet aan! 'Geslaagd grapje,' zei ze toen. 'Ik kan jullie niet uit elkaar houden.'

Sam keek ernstig toen hij zei: 'We zullen het bij jou niet meer doen. Oké?'

Anne lachte alweer. 'Dus jij hebt een extra afwasbeurt gedaan, alleen voor de grap.'

Sam knikte. 'Ik houd van afwassen,' zei hij.

'Ja, dag, dat zal wel.'

Op dat moment kwam Boyan aangerend. 'Gaan jullie mee zoeken?' hijgde hij.

KAAK

Ze stonden met zijn vijven bij de fietsen.

'Kunnen we zomaar weg?' vroeg Anne. Jakkes, wat klonk dat braaf. Maar had mevrouw Scheltema niet vanmiddag nog gezegd dat ze overal aan mee moesten doen?

'We gaan gewoon,' zei Boyan. 'Als we maar op tijd terug zijn voor de dropping, die wil ik niet missen.'

'Nee,' zei één van de tweeling.

'Wij ook niet,' zei de ander.

'Hoe laat begint de dropping?' vroeg Daan.

'Als het donker wordt,' zei Boyan.

'Weet één van jullie wat er voor nu op het programma staat?' vroeg Anne.

'Weer een spel of zo?' dacht een van de tweeling.

Anne twijfelde. Welk spel? Ze vond het altijd leuk, een spel met de hele klas. Toen met het schoolreisje van groep acht hadden ze ook zo veel lol gehad bij alle spellen. Maar ze wilde toch ook met de jongens mee.

'Waar gingen we ook alweer zoeken?' vroeg Daan.

'Eerst bij het huis,' stelde Boyan voor.

'En als ze nu thuis is?' vroeg Anne.

'Eerst maar eens zien hoe de situatie is,' vond Boyan. Hij ging verder met: 'En dan nu de situatie hier. Iedereen lummelt maar wat rond. Groepje hier, groepje daar. Ons groepje pakt de fiets en rijdt weg.'

Vreemde jongen, dacht Anne. Zo stil als hij in de hele

klas is, zo vanzelfsprekend neemt hij nu de leiding op zich. Of was dat omdat hij de kaart gekregen had? Of misschien wel omdat hij er zo vast in geloofde.

'Hé!' riep iemand hen na. 'Waar gaan jullie heen?'

Anne keek om en zag Kirsten, Lieke en Reny in het gras zitten.

'Eindje fietsen!' riep Anne. Ze zag gelukkig geen leiding die hen zou kunnen terugroepen.

'Ze komen ons toch niet achterna?' vroeg Boyan ongerust en versnelde.

Het was maar een kort stukje op de fiets, zeker in het tempo dat Boyan aangaf. Op de hoek van de straat waar de vrouw woonde, zetten ze de fietsen tegen een boom. Daarna liepen ze naar het huis. Het was een vrijstaand huis, bijna aan het einde van het dorp. De tuin was groot, maar leeg. Op een klaaraampje na was beneden alles dicht. Boven hadden twee kamers het raam wagenwijd open.

'Wat denken jullie?' vroeg Boyan.

'Niet thuis,' concludeerde Daan.

Ze bogen zich met zijn vijven over de kaart.

'Kijk,' wees Boyan, 'als we nou eens bij de voordeur beginnen.'

'Wie zegt dat dit streepje de deur is?' vroeg Daan zich af. 'Misschien is het wel het huis. En die platte rechthoek ernaast het buurhuis.'

'En zouden die cirkels bomen zijn? Je zou toch verwachten dat het bomen zijn waar iets in de grond verstopt zit. Maar er staan in deze tuin geen drie bomen op een rij,' zei Thom of Sam.

'Kunnen we daar echt niks van maken, van die letters?' vroeg Sam of Thom en wees naar de rechterbovenhoek. 'Daar staat vast wáár we moeten zoeken.'

De jongens bogen zich over de cryptische letters, maar Anne keek naar de tweeling, van de een naar de ander, op zoek naar verschillen. Tot één van hen opkeek. Hij knipoogde. Dat zou Sam wel zijn. Maakte het nu echt uit dat ze niet wist wie wie was? dacht Anne. Ze waren toch gewoon allebei aardig?

'Onleesbaar,' zei Daan. 'Echt absoluut onleesbaar.'

'En in die cirkel, wat zou daar staan?' vroeg degene die waarschijnlijk Sam was.

Nu richtte Anne haar blik op de kaart. 'ɛi?' vroeg ze. 'Staat daar ɛi met zo'n hoofdletter die we vroeger op school leerden?'

'ɛi?' Daan trok zijn wenkbrauwen op. 'En daarnaast?'

'Het zijn hoofdletters,' merkte Anne op.

'KAAK!' riep Sam uit.

'Ja, hoor, daar hebben we wat aan,' zei Thom. 'Lekker duidelijk.'

'Toch denk ik dat hij gelijk heeft,' zei Anne.

'En de achterkant, dat was niks, hè?'

Ze draaiden het papier om.

'Daar hadden we al naar gekeken,' zei Boyan. 'Bla bla over schepen en timmergereedschap en het behandelen van hout. En dan nog die onleesbare, met de hand geschreven zinnen. Het hoort niet bij de tekening, die is duidelijk met potlood gemaakt.'

'Zo komen we dus niet verder,' zei Boyan. 'We gaan gewoon alle mogelijkheden onderzoeken.'

'Ja,' zei Daan. 'De richting is duidelijk: rechtdoor, rechts, links. Ik neem tenminste aan dat je hier moet beginnen.' Hij wees op het kleine v-tje aan het begin van de doorgetrokken lijn.

'Lijkt mij ook,' zei Boyan.

'Maar er moeten wel ergens drie bomen staan,' begon Thom weer.

'Nou, daar, bijvoorbeeld.' Anne wees naar de bomen in de straat. 'En daar en daar en daar. Overal staan bomen op een rij.'

'Ik bedoel drie bomen die apart van de rest op een rij staan. Misschien is dat dan wel een bankje.' En hij wees naar de smalle rechthoek die tussen twee van de drie cirkels stond.

'Wat een smal bankje,' riep zijn broer. 'Daar kan je je kont niet op kwijt.'

'Jongens, kan dit niet een kamer zijn?' opperde Anne. 'Dit is dan de deur, die rechthoek het bed en die cirkels de stoelen.'

'Dan had de maker van de kaart geen gevoel voor verhoudingen,' zei Boyan.

Daan schudde zijn hoofd. 'Wat een vreemde indeling. Wie zet er nu drie stoelen zo op een rijtje?!'

'We gaan gewoon beginnen,' zei Boyan en keek om zich heen. 'Eerst in de tuin proberen. Daarna nemen we de straat en de omgeving.'

'Ik ga wel op de uitkijk staan,' zei Anne.

Boyan knikte. 'Lijkt me een goed idee.'

Met de kaart in hun hand onderzochten Boyan, Thom, Sam en Daan de verschillende mogelijkheden. Maar ze hadden er niet op gerekend dat er ineens een buurvrouw over de heg naar hen riep: 'Hé jongens! Wat doen jullie daar? Gaan jullie eens ergens anders spelen!'

'Shit!' zei Daan.

'Spelen?!' herhaalde Boyan verontwaardigd.

Ze bleef staan kijken, dus zat er niks anders op dan uit de tuin weg te gaan.

'Het probleem is dat er geen meters of aantal passen op staan,' zei Boyan. 'We proberen het vanuit het tuinhekje.'

Het was een tamelijk hopeloze klus. De een na de ander opperde verschillende mogelijkheden, maar nergens zagen ze een plek die ze op de kaart konden herkennen. Anne deed nu ook mee. Voor de gein, hield ze zichzelf voor.

Maar na een tijdje had ze het wel gehad. 'Moeten we niet eens terug naar de boerderij?'

De jongens keken Boyan aan.

'Ja, laten we teruggaan,' zei die. 'We zoeken een andere keer op een andere plaats wel verder.' Maar hij bleef staan, met zijn handen in zijn broekzakken.

'Wat is er?' vroeg Anne.

'O, hier.' Boyan haalde zijn fietssleutel te voorschijn. 'Ik dacht dat ik hem verloren was...' En hij grijnsde een scheve lach.

Die kant uit

Er leek niet veel veranderd rond de boerderij toen ze aan kwamen fietsen: de jongens waren aan het voetballen of tafeltennissen, een aantal meiden speelde volleybal, een groepje hing lui rond de schommels. Maar dat was schijn. Lieke kwam direct op hen af om te waarschuwen: 'Jullie zijn lang weggebleven! Mevrouw Scheltema was best pissig dat jullie er niet waren.'

Ze keken elkaar aan. 'Wat doen we?'

'Laten we maar naar haar toe gaan en onze excuses aanbieden,' stelde één van de tweeling voor.

De ander voegde eraan toe: 'Daar wordt onze moeder ook altijd minder boos door.'

Dus liepen ze naar de boerderij, op zoek naar mevrouw Scheltema. Ze zat binnen met Adriaan en Asha gebogen over een stuk papier.

Mevrouw Scheltema keek op. 'Zo, daar zijn de weglopers.'

'Ja, sorry, het zit zo...' begon Daan.

'Nou ja, we dachten dus...' zei Boyan tegelijkertijd.

En één van de tweeling zei daar weer doorheen: 'We wilden een eindje gaan fietsen...'

'Ho, wacht even,' zei mevrouw Scheltema. 'Eén tegelijk. Wijs maar een woordvoerder aan.'

Ze keken naar Boyan, maar die was al begonnen met: 'We dachten dat we vrij waren na het eten en toen zijn we gaan fietsen. We wilden de omgeving bekijken. Dus daarom waren we weg.'

'En jullie hebben er niet aan gedacht dat je dat misschien even moest gaan zeggen?'

Nu zei niemand iets.

'Nee dus,' concludeerde mevrouw Scheltema. 'Wij misten een groep kinderen en waren ongerust. Daar ook niet aan gedacht, dat dat kon gebeuren?'

'Nee, dus,' herhaalde ze na een sprekende stilte. 'Ik dacht dat ik duidelijk was geweest. Iedereen doet mee met het hele programma.'

'Maar wij wisten niet dat we iets gingen doen. En u heeft niet gezegd dat we niet weg mochten,' zei Boyan.

Mevrouw Scheltema keek Adriaan en Asha aan. 'Heb ik dat niet gezegd?' Daarna zei ze tegen Anne en de jongens: 'Ligt het niet een beetje voor de hand dat je niet zomaar weg kunt gaan? Stel dat iedereen zijn eigen gang gaat...' Ze krulde haar lippen en liet haar blik van de een naar de ander glijden. 'Nou, dan weten jullie het nu: je mag niet zonder toestemming de boerderij verlaten. En dan pak je nu maar wat te drinken in de keuken. We gaan zo met de dropping beginnen.'

Lieke, Kirsten en Reny stonden hen in de hal op te wachten. 'En? Wat zei ze?' vroegen ze.

Anne trok haar wenkbrauwen op. Waar sloeg dit ontvangstcomité op? Ze hadden zich alle drie verkleed, zag Anne. Hoe vaak deden ze dat op een dag!

'Dat we niet weg hadden mogen gaan. Dat zei ze,' grinnikte Thom of Sam.

'En dat je niet zonder toestemming de boerderij mag verlaten,' herhaalde zijn broer.

'Verder niks?' vroeg Reny.

Anne keek haar onderzoekend aan. Ze leek het wel jammer te vinden! En Kirsten keek haar ook al zo vreemd aan...

'Hebben we iets gemist?' vroeg één van de tweeling vervolgens.

'Och, één of ander stom spel,' zei Kirsten.

'Niks aan,' zei Lieke.

'Echt kínderachtig...' zei Reny.

Ze haalden wat te drinken op en Anne liep toen door naar de slaapzaal voor haar zaklamp en een trui. Ze haalde haar tas te voorschijn en zag toen pas dat Lara op het onderste bed lag.

'Lara? Wat is er?'

Er kwam beweging in de slaapzak. Lara stak haar hoofd half uit de slaapzak. Ze zag er beroerd uit.

'Hoofdpijn,' fluisterde ze.

Lara had vaker hoofdpijn, dat wist Anne van de basisschool. Ze was daardoor nogal eens een dag niet op school geweest.

'Moet ik mevrouw Scheltema roepen?'

'Nee, die weet het al.'

Anne had medelijden, Lara zag er zo zielig uit. 'Wat sneu voor je,' zei ze.

Lara draaide zich weer met haar gezicht naar de muur.

Ze verzamelden op het terras. Anne zocht Daan op en ging naast hem zitten. Toen iedereen er was, zei mevrouw Scheltema: 'Jullie worden straks met een tractor en een aanhangwagen naar verschillende plekken gebracht van waaruit het ongeveer een uur lopen is naar de boerderij. Tijdens de rit word je geblinddoekt, anders is het te gemakkelijk. Wij hebben een groepsindeling gemaakt. Er moet één mobiel per groepje mee. Als je om één uur nog niet terug bent, mag je bellen. De groepsindeling is als volgt...' Mevrouw Scheltema las de namen voor.

Ondertussen had Asha briefjes uitgedeeld met het nummer van de mobiel van mevrouw Scheltema erop.

'Oké, mensen,' besloot de mentor, 'ik hoor de tractor al aan komen rijden. Die neemt twee groepen tegelijk mee. Nog vragen? Heeft iedereen een jas of trui aan en een zaklamp mee? Dan kunnen de groepen één en twee vertrekken. En denk erom... je blijft bij elkaar!'

Anne zat in groep twee, samen met Sam. Wat een mazzel! Ze klommen op de aanhangwagen. Anne zag dat Kirsten naar Adriaan liep, stralend naar hem lachte en hem iets in het oor fluisterde. Adriaan liep vervolgens op één van de meisjes af die knikte. Toen klom Kirsten ook op de kar en ging naast Thom zitten, terwijl ze zei: 'Ik zit ook in groep één!'

'Jij zit in groep drie,' zei Anne tegen haar.

'Nu niet meer,' zei Kirsten. 'Ik heb geruild.'

'Het ruilspel is al afgelopen,' lachte Sam.

Kirsten boog zich voorover en fluisterde in Annes oor: 'Jij hebt niet het alleenrecht op de tweeling, al gedraag je je wel zo.'

Hè? Waar had ze het over? Anne keek haar niet-begrijpend aan.

Reny, die ook in de kar was geklommen, liet zich naast Kirsten op de bank zakken en sloeg haar arm om Kirstens schouder. 'Wij kunnen niet meer zonder elkaar,' riep ze nogal luid en moest er vervolgens zelf hard om lachen.

Adriaan blinddoekte hen allemaal en gillend van de lach vertrokken ze. Toen ze na een eindeloos lijkende rit op de harde banken van de kar stopten, deed Anne haar blinddoek af. Geen flauw idee waar ze waren. Ergens op de rand van bos en duin. Groep één kon aan de terugtocht beginnen.

De blinddoek hoefde niet opnieuw om, het was toch al aardedonker. Hoewel, nu ze gewend waren, viel het eigenlijk wel mee, maar niemand wist nog waar ze waren.

Vijf minuten later kon groep twee uitstappen.

'Die kant uit,' wees de man die de tractor bestuurde.

'Dan gaan we daarheen,' zei Sam voor de grap en wees de andere kant op.

Ze stonden op een onverharde weg. Ze knipten de zaklantaarns aan en keken naar de sterren. 'Jammer, geen maan,' zei Sam. Hij keek op zijn horloge. 'Elf uur.'

Ze liepen in de aangewezen richting. Bij het eerstvolgende kruispunt stonden ze stil. Ze botsten op elkaar en de meiden gilden het uit.

'Die kant,' wees één.

'Nee, die kant,' zei een ander.

'Nee joh, dan komen we bij het strand. En de boerderij staat ten zuiden van het strand.'

'Maar toch ga ik die weg niet in, veel te donker. Daar is vast het bos.'

'Ja, een bos mét spoken. Whaaaahh!'

'Nee, dat kan niet. Het bos is dáár en de duinen dáár. Als we eerst naar het westen zijn gereden met de tractor...'

'Hoe weet je dat, dat we naar het westen gingen?'

'Gewoon, dat voel ik.'

'Ja, doei. Ik voel dat we daarheen moeten.'

Ze begonnen te lachen. Tot één van hen de knoop doorhakte: 'We nemen deze weg.'

Zo discussieerden ze bij ieder kruispunt. Ze moesten er met elkaar steeds vreselijk om lachen. Ze stonden nog langer stil om snoep te delen. Met de zaklampen probeerden ze de omgeving zichtbaar te maken, maar dat wilde niet al te best.

Wat ook mislukte waren de enge geluiden die ze over elkaar uitstortten. Tenminste: niemand werd er bang van. Op een gegeven moment waren ze midden in de duinen verzeild geraakt. Ze volgden het fietspad tot ze uiteindelijk een kruispunt met een paddenstoel passeerden.

'Nes! Die kant op! Nog drie kilometer!'

'Jeetje, wat een eind! Ik ben moe.'

'Ja, maar we weten nu dat we goed zitten.'

'Echt? Volgens mij zijn we hier net ook langsgelopen, ik herken dat bosje.'

'Ja, en ik herken dat konijn.'

'Je bent zelf een konijn.'

Sam en Anne liepen op een gegeven moment met zijn tweeën achter de rest aan. Ze vertelden elkaar over hun basisschool en over thuis. Ze praatten over voetbal en over dans. Sam vertelde dat ze twaalf uur per week trainden en dat ze allebei hoopten er hun beroep van te maken.

'Moeten we niet aansluiten?' vroeg Anne toen ze steeds verder achterop raakten.

Sam pakte haar hand. 'Laat maar. Ik vind het veel gezelliger zo.'

Annes hart ging wel iets harder bonzen, maar Anne zelf verstrakte. Dit was vreemd, ze begreep het niet... Jongens waren haar vrienden. Ze voetbalde met jongens. Ze was haar leven lang met Daan opgetrokken, ze voelde zich soms zelf een halve jongen. Haar lichaam was al een meisje aan het worden, maar van binnen was zij... nog zo onduidelijk.

En nu... Het was best fijn, maar het bracht haar in de war. Ze trok haar hand terug en ging sneller lopen.

'Anne!'

Ze hield in. Hij had lieve ogen, dat zag ze zelfs in het donker.

'Sorry,' zei ze.

'Nee,' zei Sam. 'Ik moet sorry zeggen.'

Toen begon ze zenuwachtig te lachen.

Daarna liepen ze door, met wel een meter tussen hen in. Ze wisten niks méér te zeggen dan: 'Kijk, weer een paddestoel.'

Of: 'Ja, we lopen nog steeds goed.'

En toen zagen ze ineens de anderen weer. Die begonnen te joelen.

'Weet je wel wie je bij je hebt, Anne?'

'Hebben jullie gezoend?'

'Hebben jullie verkering?'

Anders trok Anne zich nooit zo veel aan van dit soort gepraat, maar ze voelde zich zo raar.

Sam lachte alleen maar. 'Zou je wel willen weten, hè? Staatsgeheim!'

Toen moest ze toch weer lachen.

zo dronken als een...
een... pinguïn?

Er stond fris en chips voor ze klaar. Al twee groepen waren binnen, waaronder die van Thom. Hij kwam direct op Anne en Sam afgelopen en trok hen mee naar een hoek van de eetzaal, waar een paar luie stoelen en een bank stonden.

'Lachen joh! Moet je horen, Reny is dronken!'

'Hè? Wat?' riepen Anne en Sam alle twee uit.

'Reny heeft drank bij zich. Ze is zo dronken als een... een... pinguïn?' Hulpeloos keek hij Sam aan. 'Hoe heet dat nou? Is een pinguïn dronken? Nou ja, doet er ook niet toe. Ze heeft een flesje whisky bij zich en dat is al bijna leeg. Heeft ze de hele avond van gedronken.'

Sam keek hem wat ongelovig aan. 'Ja, zal wel.'

'Echt, ik verzin het niet!' ging Thom verder. 'Ze was dus met mijn groepje mee en ze ging steeds raarder praten. Ze deed grof en vertelde vieze moppen. En we hebben haar de stuipen op het lijf gejaagd toen we in het bos waren. We hielden ons muisstil en het was dus net of Reny alleen was. En toen ging ze toch een partij gillen. Lachen, man!'

'Tjeetje,' zei Anne onder de indruk. Dus daarom keek ze zo vreemd. 'Kirsten ook?'

'Nee, die niet. Alleen Reny. Niet zeggen, hoor, aan mevrouw Scheltema. Het is veel te lollig.'

Anne keek waar Reny was. Ze zat met Kirsten, Lieke en nog een paar kinderen chips te eten. Ze gingen erbij zitten. Anne keek op toen ze Daans ketting hoorde rammelen. De laatste groep was dus ook binnen. Hij wenkte haar.

'Boyan is weer gaan schatzoeken,' vertelde hij.

'Wát?' Anne keek hem aan. 'In het donker?'

'Ja, dat zei ik ook nog tegen hem. Maar hij wilde juist in het donker, dan zouden ze hem niet bezig zien. Ik weet niet waar jullie gedropt zijn, maar wij kwamen opeens in Buren uit. Hij wilde nog dat ik zou helpen, maar dat zou te veel opvallen als de rest van mijn groep het gerammel van mijn ketting zou moeten missen. Toen is hij toch maar alleen gegaan.'

'En hebben ze gemerkt dat hij wegging?'

'Tuurlijk! Maar ze hadden een beetje flauw lopen doen tegen hem. Over hoe moeilijk het was in de brugklas en dat vanzelf wel zou blijken wie slim was en wie niet. Dat het belangrijk was om populair te zijn en vrienden te hebben. Dat je je snoep moest delen, bijvoorbeeld. Boyan was namelijk de enige die niks bij zich had. Toen hebben ze gezegd dat hij volgende week in de kantine op saucijzenbroodjes moest trakteren, anders hoorde hij er niet meer bij. Dat soort ongein. Nou, en toen hij dus verdwenen was, knepen ze hem toch wel.'

Ze schrokken op omdat iemand ineens stond te schreeuwen om muziek. Reny. Een paar meiden namen het over: 'Disco! Disco!'

Mevrouw Scheltema klapte in haar handen. Daarna keek ze op haar horloge. 'Morgen is er disco,' zei ze. 'Nu is het bedtijd!'

Natuurlijk protesteerden ze, maar het had geen effect. En ach, op de zaal kon het ook nog leuk worden.

Maar toen Anne daar kwam, zag ze de slapende Lara. Het maakte dat ze toch een beetje stil deden.

Even later stond Anne haar tanden te poetsen. Zowel uit

de andere meisjesslaapzaal als bij de jongens vandaan kwam een hoop lawaai. Dáár was het feest. Zou zij...?

Toen stak Asha haar hoofd om de deur. 'Weet iemand van jullie waar Boyan is? Boyan is er niet!'

De meiden voor de spiegel keken elkaar aan. 'Nee. Is hij dan weg? Waar naartoe?'

'Ja, dat vraag ik dus net aan jullie, of iemand dat weet,' antwoordde Asha.

'Die slome! Net iets voor hem,' merkte iemand op.

'Er is vast wat aan de hand met die jongen,' zei een ander.

'Nee, hoor,' zei Anne. 'Je moet hem alleen wat beter leren kennen.'

'Nou, dat lukt lekker als hij geen woord zegt en zijn eigen gang gaat,' was de reactie.

'En verdwijnt,' zei het eerste meisje weer.

Hij gaat helemaal niet zijn eigen gang, dacht Anne. Hij trekt toch met ons op?

Even later hoorde ze mevrouw Scheltema zeggen: 'Willen de mensen die met de dropping in de groep bij Boyan zaten, meekomen naar de eetzaal?'

Anne hoorde daar natuurlijk niet bij, maar ze was veel te nieuwsgierig, dus liep ze met Daan mee. In de deuropening van de eetzaal bleef ze staan luisteren.

'Wat is er gebeurd? Waar is Boyan?' vroeg mevrouw Scheltema aan de groep die tegenover haar stond.

'Weten we niet,' was het antwoord.

'Hoe kan dat nou? Jullie waren toch met z'n zessen? Heeft niemand van jullie gezien waar of wanneer hij verdween? Ik bedoel, sinds wanneer is hij weg?'

'We waren in Buren,' zei Daan. 'Daar was hij in ieder geval nog bij ons.'

'Dat is alvast wat,' zuchtte mevrouw Scheltema. Ze keek over hun hoofden heen naar Adriaan en Asha. 'Ik snap niet hoe een groep van zes kinderen kan veranderen in een groep van vijf zonder dat iemand iets merkt. Dat vind ik heel ernstig.'

'Je merkt niks van Boyan. Hij zegt nooit iets,' verdedigde één van de jongens de groep.

Dat vond ik eerst ook, dat hij saai en stil was, dacht Anne, maar het is dus niet waar.

'Hoe lang kennen jullie hem?' De stem van mevrouw Scheltema klonk scherp. 'Hoe kun je dan beweren dat hij nooit iets zegt?!'

'Hij zei vanávond niks,' zei diezelfde jongen weer.

'Hij praat alleen tegen Daan, vanavond ook weer,' zei een ander.

Daan voelde zich duidelijk ongemakkelijk onder de blik van mevrouw Scheltema, zag Anne. Maar hij haalde alleen zijn schouders op. Ze keken allemaal wel een beetje schuldig, vond Anne. Zou mevrouw Scheltema dat ook zien?

'Wat is er gebeurd?' vroeg ze nog een keer.

'Niks!' Nu was één van de meisjes aan het woord. 'Echt niks bijzonders. We waren gewoon aan het kletsen en wandelen. Hij liep steeds achteraan.'

'Hij liep soms naast mij,' zei Daan, 'maar ook wel in zijn eentje een eind achter ons.'

'We kwamen thuis en we wisten echt niet dat hij er niet meer was,' zei een ander.

Mevrouw Scheltema zuchtte. 'Nou, terug naar je bed!' Het klonk als een bevel. 'Wij gaan zoeken.'

Daarna liep ze de zaal uit met Adriaan en Asha achter zich aan. Ook de anderen verdwenen, maar Daan en Anne bleven nog even zitten praten.

'We hebben dus afgesproken dat we niks zouden zeggen,' zei Daan.

'Ik dacht al,' zei Anne. 'Maar ik snap niet waarom jij niks tegen mevrouw Scheltema zegt. Boyan is je vriend.'

'Ik ben geen verklikker,' zei Daan. 'En ik heb geen zin in vijanden. Die lui zoeken het maar uit. Als Boyan slim is, gebruikt hij die pesterij om zijn verdwijning te verklaren.'

Anne trok Daan aan de mouw van zijn zwarte trui. 'Kom, laten we naar jouw slaapzaal gaan.'

zag je dat?

Anne liep met Daan mee naar de jongensslaapzaal en klom op zijn bed. Ze ging lekker tegen hem aanzitten. Op het bovenste bed van Sam en Thom zaten behalve de jongens zelf drie meiden: Kirsten, Reny en een meisje dat Katja heette. Ze hadden het over de dropping.

Sam en Thom hadden allebei een T-shirt en een boxershort aan en voor het eerst niet dezelfde! Maar nu wist ze nog niet wie Sam was. Hoewel... Eén van hen keek steeds met een onderzoekende blik naar haar. Dus Sam droeg nu een groen shirt.

'Waar is Lieke?' vroeg Anne.

'Die is haar mammie aan het bellen,' zei Reny met een stem die droop van de minachting.

'Niet flauw doen,' nam Kirsten het voor Lieke op. 'Zij kan er ook niks aan doen.'

'Waaraan?' vroeg Anne.

'Ze is een moederskindje,' zei Reny.

'Dat is de schuld van haar moeder, niet van Lieke,' zei Kirsten.

Reny begon te lachen. 'Weet je wat Lieke bij zich heeft? Laarzen!'

Anne keek haar aan en dacht aan die grote tas.

'De weersvoorspellingen waren hartstikke goed, dan ga je toch geen laarzen meenemen! Moest zeker van mammie...'

Kirsten bracht het gesprek op een ander onderwerp: 'Waar zijn jullie eigenlijk geweest vanavond?'

'Het was te donker om dat te zien,' zei Sam. 'Dus geen idee.'

'En ik zat bij jou in de groep,' zei Thom. 'En Reny en Katja ook, weet je nog?'

'Er mankeert niks aan mijn geheugen, hoor! Ik bedoel aan het begin van de avond, toen jullie met zijn vijven op de fiets weggingen.'

'O, toen,' zei Thom.

'O, gewoon,' zei Sam. 'Wat fietsen.'

'Mogen wij de volgende keer mee?' vroeg Kirsten.

'Misschien wel,' zei Thom.

'Waarschijnlijk niet,' zei Sam op hetzelfde moment.

Er viel een stilte. Anne zag dat de tweeling elkaar aankeek. Wat gebeurde er?

'Welnee, meid,' gilde Reny eroverheen. 'We hebben wel betere dingen te doen dan een eindje fietsen!'

Ze aten chips. Er lagen vier opengescheurde zakken voor hen. Maar ze praatten en lachten veel te hard, dus aan de gezelligheid kwam al snel een eind. Mevrouw Scheltema stond plotseling in de deuropening en stuurde iedereen naar zijn eigen bed.

'Is Boyan al terug?' vroeg Daan.

Anne bleef even staan om het antwoord te kunnen horen.

'Ja, hij was al op weg hier naartoe. Welterusten.'

Gerustgesteld kroop Anne in haar slaapzak. De andere meisjes lagen rustig met elkaar te praten. Anne kletste een poos mee, maar wilde liever weer naar Daan. Ze ging uit bed. Onder haar bleef Lara rustig doorslapen, terwijl ze zich van het bovenste bed liet zakken. Tenminste, ze nam aan dat Lara sliep. Toen Anne naar haar keek, zag ze dat Lara haar duim in haar mond had gestoken.

'Wat ga je doen?' werd er gevraagd toen ze de slaapzaal uitsloop.

'Naar Daan,' antwoordde Anne.

De andere meisjes giechelden. Voorzichtig gluurde Anne om het hoekje van de deur om te kijken of er iemand was. Toen sloop ze weer naar de slaapzaal van Daan en ging naast hem op het bed liggen. Even later kwam Kirsten ook weer binnen, alleen deze keer. Anne kreeg een triomfantelijke blik toegeworpen toen ze bij Sam en Thom op bed ging zitten.

Ze praatten zacht. Het duurde dit keer langer voor er weer controle was. Nu was het Adriaan. Hij was niet eens boos dat zij bij de jongens lagen, maar stuurde hen wel weg.

Opnieuw kroop Anne in haar eigen bed. Het praten van de andere meisjes was nu overgegaan in gefluister.

Ineens hoorde Anne lawaai. Wat was dat? In de slaapzaal naast die van hen klonken luide stemmen en gegil. Lara werd er wakker van. Anne liet zich uit haar slaapzak glijden en met z'n allen gingen ze kijken wat er aan de hand was. Het was dringen voor de open deur van de andere zaal, maar ze hoorden het al: 'Reny moet kotsen! Reny heeft overgegeven!'

Mevrouw Scheltema kwam aangelopen; ze lieten haar door.

Anne zag de ravage. Reny zat doodsbleek rechtop. Niet alleen haar eigen slaapzak, ook die van Lieke, die onder haar sliep, zat onder de kots en Lieke stond ernaast te huilen. Kirsten probeerde beide meiden tegelijk te troosten. Het stonk vreselijk. Dat maakte dat ze zich gemakkelijk lieten wegjagen door mevrouw Scheltema. Anne en de andere meisjes gingen terug naar hun zaal, maar lieten de deur open om te kunnen horen en zien wat er verder gebeurde.

'Zag je dat?' zeiden ze tegen elkaar. 'Het zat overal! Op de muur, op de grond. Gétver!'

'Blij dat ik niet dáár lig,' zei een ander.

Ze zagen Asha voorbij komen met een emmer en daarna sjokte Reny door de gang met haar slaapzak in haar handen en met Kirsten achter zich aan.

Even later kwam een gekalmeerde Lieke bij hen binnen, al stond haar gezicht nog op onweer.

'Lieke komt hier slapen,' zei Asha die met haar mee was gelopen. Lieke kroop op één van de vrije bedden en draaide zich zonder nog iets te zeggen naar de muur.

'En Reny?' vroeg één van de meisjes.

'Die slaapt bij mevrouw Scheltema op het kamertje,' zei Asha. 'Nou meiden, nu gaan slapen, hoor. Welterusten.'

Maar het duurde wel even voor ze uitgepraat waren over Reny die zo veel gedronken had. Ze was dan wel een jaar ouder, wist één van hen te vertellen, maar dan nóg. Een breezer op een feest had iemand eens gehad, maar sterke dránk en zó veel... Waarom zou ze dat gedaan hebben? Ze konden maar één reden bedenken: om stoer te doen.

Pas veel later, toen het allang weer stil was, bedacht Anne ineens dat ze Liekes slaapzak goed schoon gekregen hadden. Je rook er niks van.

Anne lag op haar rug naar het donkere plafond te staren. Haar hoofd vulde zich met beelden en gebeurtenissen van de voorbije dag. De vliegtocht, de aankomst op de boerderij, het eten, het ruilspel... Boyan! Nu wist ze niet of hij iets gevonden had vanavond. Zou ze...

En weer stond ze op. En weer keek ze om het hoekje van

de deur, maar nu was de gang niet leeg. Asha zat er. 'Terug naar je bed!' zei ze.

'Ik wil alleen even wat vragen,' probeerde Anne.

'Welterusten, Anne.'

'Jullie hebben toch ook brugklaskamp gehad, toen gingen jullie toch ook niet gelijk braaf slapen?'

Asha lachte. 'Het is al twee uur, weet je dat wel?'

'Wat moet je doen als je een jongen leuk vindt?' vroeg Anne in een opwelling.

Asha keek haar aan. 'Dan laat je hem dat merken door veel bij hem in de buurt te zijn. Dan kijk je naar hem en lach je naar hem. Dan praat je met hem. Probeer hem maar eens per ongeluk toevallig aan te raken.'

'En hoe weet je of hij jou leuk vindt?'

'Dat merk je dan vanzelf wel. Kijkt hij ook steeds naar jou? Lacht hij ook naar jou? Zorgt hij er ook voor bij jou in de buurt te blijven of loopt hij juist voor je weg?'

'Vind jij Adriaan leuk?'

Asha lachte zacht. 'Ja, ik vind Adriaan leuk. Kom op, meid, nu weer terug naar je bed.'

Maar Anne kon niet slapen. De geluiden die er nu nog waren, werden steeds zachter. Ze moest aan Sam denken, aan hun nachtwandeling. Zou het normaal zijn dat je ervan schrikt als een jongen je hand vastpakt? Zij wist gewoon niet zo goed hoe een meisje zich moest gedragen.

Ze was anders, dat wist ze best. De meiden van haar oude groep acht gingen niet met jongens om. Ze vonden ze kinderachtig, zeiden ze vaak. En Anne hoorde bij de jongens en niet bij de meisjes. Gewoon, dat was altijd zo geweest. Anne hield niet van hangen en kletsen. Ze wilde actie in de pauze, ze moest haar energie kwijt, rennen en voetballen.

Hoe moest dat straks, op de nieuwe school? Er werd gezegd dat dat niet meer kon: spelen. Daar moest je wel hangen en kletsen. Gelukkig had ze Daan. Ja, en nu ook Sam en Thom en Boyan. Ze zou gewoon afkijken wat die gingen doen in de pauze. Dan deed ze met hen mee. Ze was niet van plan nu ineens een meisje te worden. Of...

Er was iets veranderd: Sam!

Ze voelde aan het gekriebel in haar buik dat haar gedachten terug waren bij Sam. Waren dat die vlinders waar iedereen het altijd over had? Was ze verliefd? Als ze aan Sam dacht, wilde ze wél een meisje zijn.

Onrustig draaide Anne zich op haar andere zij. Wat dacht ze een gekke dingen! Ze wás toch een meisje?!

Anne luisterde naar de stilte. Die werd nog doorbroken toen Asha binnenkwam en zich in het donker uitkleedde. Daarna was er alleen nog de ademhaling van de andere meiden te horen.

en dan nu... eet smakelijk

Anne werd wakker doordat iemand uit bed was geklommen en met iets rommelde. Ze knipperde met haar ogen, maar het werd er niet lichter van. Ze draaide haar hoofd om en zag toen een groene rechthoek oplichten: NOODUITGANG.

Toen Annes ogen aan het donker gewend waren, zag ze iemand met een slaapzak in de weer. 'Lieke? Wat doe je?'

Een stem fluisterde: 'Niks, ga maar weer slapen.'

Anne kroop dieper in haar warme slaapzak. De deur van de slaapzaal ging open. Een beetje van het licht dat op de gang brandde, kwam binnen. Waar was Lieke nu? Anne zag alleen de slapende meisjes. Toen kwam Lieke weer binnen. Had ze nu een slaapzak in haar handen? Maar de deur was alweer dicht, ze zag het niet goed.

'Wat doe je?' vroeg Anne nog een keer.

'Ik ben naar de wc geweest en nu leg ik mijn slaapzak goed,' fluisterde Lieke. 'Die was helemaal verdraaid.' Ze kroop erin en zei: 'Welterusten.'

'Welterusten,' zei Anne.

Toen Anne voor de tweede keer wakker werd, was het licht. Het was nog steeds stil, maar uit de slaapzaal naast die van haar klonken stemmen. Daar waren ze dus al wakker. Het duurde niet lang of bij Anne op de zaal was ook iedereen wakker.

Asha geeuwde. 'Goedemorgen meiden, goed geslapen?'

71

Anne boog zich voorover naar Lara in het bed onder haar.

'Hoi, hoe is het met je?'

Lara glimlachte. 'Gaat wel. Nog een béétje hoofdpijn, maar niet meer zo erg.'

'Nou, jij kunt wel slapen zeg,' zei één van de andere meisjes.

Terwijl de één na de ander ging douchen, bleef de rest nog een tijdje liggen kletsen. Toen Anne net aangekleed was, kwam Kirsten binnenstormen.

'Lieke, Lieke, heb je het al gehoord? Reny wordt naar huis gestuurd!'

Lieke, die ook al was aangekleed, schrok op. 'Echt waar? Hoe weet je dat?'

'Van Reny zelf! Ze zit te huilen in de eetzaal!'

Lieke verdween met een paar van de meisjes achter zich aan.

Anne liep naar buiten. De corveeploeg was binnen bezig de tafels te dekken, ook al leek het weer een warme dag te worden.

Plotseling zag ze één van de tweeling in zijn eentje tegen de bal trappen. Haar hart begon alweer te bonzen. Stom! Dat wilde ze helemaal niet.

Als vanzelf brachten haar voeten haar naar hem toe. Wie was het? Haar hartslag werd alleen maar wilder toen ze dichterbij kwam. Betekende dat het Sam was? Of was ze verliefd op twee jongens tegelijk... Maar dat kon toch niet?

'Sam?' vroeg ze toen ze dichtbij genoeg was, maar niet zo dicht dat hij het bonzen van haar hart kon horen.

'Nee, Thom. Hai. Lekker geslapen?'

Anne knikte. 'En jij?' wist ze nog uit te brengen.

Ze wachtte het antwoord niet af. Het interesseerde haar

ook geen biet. Ze gaf een loeiharde trap tegen de bal die Thom voor haar voeten had geschoten en liep terug naar de boerderij. 'Ik wil niet, ik wil niet, ik wil niet,' probeerde ze zichzelf te bezweren.

Anne ging naar binnen en zag een groep meiden om Reny heen zitten. Ze waren duidelijk nog niet klaar met troosten. Mevrouw Scheltema riep dat ze gingen ontbijten en er klonk nog steeds een verontwaardigd gemompel bij de meisjes toen iedereen aan tafel zat. Anne keek naar de rij borden en glazen, naar de mandjes met bruine en witte boterhammen, de schoteltjes met plakken kaas en vleeswaren en de schaaltjes met hagelslag en jam. Maar meer nog keek ze naar Reny, die bleek en stil aan het uiteinde van een van de tafels zat. Ze leek in niets meer op de uitbundige Reny van gisteren.

Deze keer hoefde mevrouw Scheltema niet in haar handen te klappen voor ze ging praten.

'Voor we beginnen met eten, wil ik iets tegen jullie zeggen. Jullie zijn nu brugklassers. De meesten van jullie zijn twaalf jaar, sommigen bijna twaalf, een enkeling is al dertien.' Mevrouw Scheltema keek even Reny's kant op. 'Ik snap wel dat opgroeien met vallen en opstaan gepaard gaat. En met uitproberen. En met grenzen verkennen. Maar gisteren zijn er grenzen overtreden. En omdat we heel duidelijk willen zijn in wat we accepteren en niet, hebben we besloten Reny naar huis te sturen. Ze wordt om half elf op de boot gezet.'

Er ging een schok door de klas. Vragende, niet-begrijpende gezichten keken naar Reny. Ook klonk er protest.

'Wat streng!'

'Dat is toch niet nodig, ze heeft straf genoeg gehad.'

'Ze schaamt zich rot!'

'U kunt iemand niet buitensluiten van het kamp!'

Mevrouw Scheltema wachtte rustig tot het weer stil was. 'Ik heb met mevrouw Van Baalen, de coördinator, gebeld. Zij staat achter dit besluit en verwacht Reny vanmiddag en morgen op school. Maar er zijn meer kinderen die grenzen hebben overschreden. Eerst al ging een stel op eigen houtje iets ondernemen...'

Anne ging rechtop zitten. Dat ging over hen!

'...en gisteravond ging een groep met zijn zessen op stap en kwam met vijf thuis. Niemand wist dat de zesde was afgehaakt. Ze hadden het niet eens gemerkt! Boyan had even niet opgelet en was de groep kwijtgeraakt. Dit kan evenmin, jongens.'

'Moeten zij nu ook naar huis?' vroeg iemand.

'Nee,' zei mevrouw Scheltema. 'Die groep krijgt extra corvee. Morgen maken zij de boel hier schoon. Ja, Boyan, jij ook. Jij hebt de verantwoordelijkheid bij je groep te blijven.' Ze schraapte haar keel. 'Goed, over naar het programma van vandaag: we gaan straks op de fiets naar de vuurtoren en vanmiddag lijkt me een heerlijke middag voor het strand. Zo meteen komt er extra brood op tafel voor jullie lunchpakketten. En dan nu... eet smakelijk.'

Anne smeerde lekker dik boter op haar brood en strooide er hagelslag op. Ze luisterde hoe werd doorverteld aan wie het nog niet wist wat Reny had gedaan. De meningen over de straf waren verdeeld. Maar algauw hadden ze het over de piepende stapelbedden en wie er had gesnurkt en wat ze vandaag allemaal zouden doen.

sam of Thom?

Anne stond bijna achteraan. Ze vormden met zijn allen een lange rij op de oprijlaan van de kampeerboerderij. Er werd gelachen, vrolijk met de fietsbellen gerinkeld en gek gedaan. Sam, ze nam tenminste aan dat het Sam was, wilde met zijn fiets naast haar komen staan, maar Anne zei dat ze naast Daan wilde fietsen.

Net had ze gezien dat Reny haar tas aan het inpakken was. Kirsten had mee gewild om Reny weg te brengen, maar dat mocht niet. Nu stond ze met een chagrijnig gezicht ergens voor in de rij naast Katja, het meisje dat er gisteravond ook bij was op de jongenszaal. Asha zou Reny naar de boot brengen, daarna zou ze rechtstreeks naar de vuurtoren fietsen.

Mevrouw Scheltema kwam aangelopen en telde de rij. 'Eenentwintig, tweeëntwintig. Hm, Reny is drieëntwintig. Jongens, wie mist iemand?'

'Boyan is zijn bril aan het zoeken,' zei Daan. 'Die was hij kwijt.'

Er werd gelachen. Hoe kun je die nu kwijt zijn? dacht Anne.

'Daan, ga eens kijken of je hem kunt helpen? Die jongen ziet natuurlijk niks zonder bril.'

Toen ze even later terugkwamen, gaf mevrouw Scheltema het startsein aan Adriaan, die op kop zou fietsen.

Eerst reden ze door Nes. Het was nog een heel gedoe om

75

bij elkaar te blijven, want niet bij ieder kruispunt konden ze allemaal oversteken, al kregen ze soms voorrang. Bij de veerdam sloegen ze rechtsaf de dijk op. Mevrouw Scheltema riep steeds naar voren dat ze aan moesten sluiten. Maar zelf deed ze dat niet: Lieke fietste naast haar en ze bleven steeds achter.

Nu had Adriaan flink het tempo erin, ondanks de tegenwind. Daan mopperde tegen Anne dat hij dit nooit volhield. Hij was de enige niet.

'Niet zo hard!' werd er meer dan eens naar voren geroepen. Anderen vonden het nodig zelf het tempo aan te passen zodat er gaten in de rij vielen.

Bij het reddingstation, waar de boten lagen die in actie kwamen als er watersporters problemen hadden, stonden ze stil om op de achterblijvers te wachten.

Anne nam een paar grote slokken water. Ze had het warm. Als ze stilstonden, was de wind lekker, maar op de fiets maakte die het wel zwaar. Toen ze verder reden, ging ze naast Boyan fietsen.

'Waar heb je gezocht, gisteravond?' vroeg ze.

'Nog een keer bij het huis. In het donker kon niemand me zien. En daarna heb ik nog wat in Buren rondgelopen en gekeken of er andere plekken waren die op de kaart leken. Maar ja, het was wel erg donker.'

'En? Iets gevonden?'

'Niet echt.'

'Dapper, zo in je eentje in het donker,' zei ze.

Boyan glimlachte.

Toen bedacht Anne zich iets: 'Zijn er eigenlijk kinderen uit jouw oude groep acht meegegaan naar het Carry van Bruggen College?'

En zoals steeds als ze de naam van haar nieuwe school

uitsprak, voelde Anne de trots dat ze nu brugklasser was en ook naar de middelbare school ging.

'Nee, ik ben de enige,' zei Boyan kort.

'Heb je zin in de nieuwe school?' vroeg ze.

Hij keek haar aan. 'Och, jawel.'

Nou, enthousiast was anders, dacht Anne. Maar bij haar was er toch ook een andere kant? Zou ze het redden? Zou ze het naar haar zin hebben? En al dat huiswerk? Kon ze dat wel? Zou ze nieuwe vrienden maken? Nou, over dat laatste hoefde ze zich al geen zorgen meer te maken: ze had drie nieuwe vrienden. En ook al zag ze best tegen het huiswerk op en zo, ze had er dus ook gewoon hartstikke zin in.

'We moeten nu ook goed om ons heen kijken,' zei Boyan ineens weer opgewekt. 'Kijken of we een plek zien die lijkt op de kaart.'

Anne glimlachte. 'Oké.'

Ze fietsten helemaal over de dijk naar de meest westelijke punt van het eiland. Links van hen schitterde de zon op de Waddenzee. Het was hoog water en meeuwen krijsten soms oorverdovend boven de zee. Rechts van hen keken ze uit over het eiland: ze zagen het dorp Ballum liggen en verderop ook Hollum.

Kirsten fietste al een tijd naast Sam of Thom, zag Anne. Ze had haar hand op zijn onderarm gelegd. En gedurende de tocht tolde steeds dezelfde vraag door haar hoofd: 'Wat vind ik hiervan?' Maar ze wilde ook graag weten wie het was: Sam of Thom? Misschien reed ze eerst naast de één en dan naast de ander, dat kon ook nog.

Af en toe stonden ze stil om op de achterblijvers te wachten en water te drinken. Ze hadden allemaal rode hoofden van inspanning of van de warmte. Of van allebei. Eén keer lieten ze hun fietsen op de dijk staan om over de basaltblokken naar beneden te klimmen, naar het water toe. Natuurlijk haalden verschillende kinderen daarbij natte voeten.

Ze kwamen door een stuk bos en eindigden uiteindelijk bij de roodwit gestreepte vuurtoren. Daar zat Asha hen op te wachten, met een tas vol drinken. Ze zouden hier hun brood opeten.

Nadat ze haar dorst had gelest, plofte Anne naast Daan en Boyan in het gras. Daan was op zijn rug gaan liggen en zuchtte diep.

'En dan te bedenken dat we nog helemaal terug moeten,' zei hij.

Anne ging ook achterover liggen en keek naar het ene witte wolkje dat langs dreef. En ineens wist ze het: ze vond het niet leuk dat Kirsten de aandacht van de tweeling opeiste. Eigen schuld, dikke bult, dacht ze er achteraan. Zij had zelf tegen Sam gezegd dat ze niet wilde...

Anne kwam overeind. Waar waren ze nu? O, daar. Ze stonden met zijn drieën met hun hoofd in de nek naar de vuurtoren te kijken. Gauw richtte ze haar blik weer op Daan en Boyan.

'Daan heeft me verteld van de droppinggroep van gisteravond,' zei ze tegen Boyan. 'Niet omdat Daan een roddelaar is, maar omdat hij mijn beste vriend is. Als je nou tegen mevrouw Scheltema zegt dat je boos was vanwege die pesterijen van die groep van gisteravond en daarom wegliep tijdens de dropping, kom je misschien wel onder je corvee uit.'

Boyan keek haar even aan. 'Het maakt me niet uit, dat corvee. Bovendien liep ik niet dáárom bij de groep weg.'

'Maar je kunt toch wel voor jezelf opkomen! Alleen van dat pesten kun je toch wel zeggen? Ik zou het doen als ik jou was. Het was niet leuk wat ze allemaal tegen je zeiden.'

Maar Boyan schudde met samengeknepen lippen zijn hoofd. 'Nee, laat maar.'

Boyan was koppig, vond Anne. Toen dacht ze aan de oude vrouw van wie Boyan het trommeltje had gekregen. Het zat haar nog steeds niet lekker dat de jongens de kaart of wat het ook was niet wilden teruggeven. Misschien moesten ze een kopie maken en dan het origineel terugbrengen? Konden ze toch verder zoeken...

Sam en Thom kwamen bij hen zitten, zónder Kirsten. Anne begon aan een hopeloze taak: zorgen dat haar hart normaal bleef doen. Ze keek de tweeling niet aan.

'Laten we wat rondlopen,' stelde Boyan voor. 'Zo'n vuurtoren is een belangrijke plek op een eiland. Misschien vinden we hier wel een aanwijzing.'

'Ik pas!' riep Daan. 'Te heet!'

Sam en Thom bleven ook zitten.

'Geloven jullie er echt in, in die schatkaart?' vroeg Anne terwijl ze Boyan nakeek.

De jongens draaiden wat om het antwoord heen.

'Ja, nou, neuh, och. Het is wel geinig. Het is net een spel. Hebben we iets te doen.'

Voor het eerst deze dag keek Anne Sam recht aan. Of was het Thom? Dat veroorzaakte weer gefriemel in haar buik. Arme vlinders, dacht ze, opgesloten in een donkere buikholte. Maar mooi dat het hielp, om zoiets geks te denken!

Het plan was om na het eten door de duinen weer terug te fietsen en dan in de buurt van Nes ergens op het strand te gaan zitten. Het duurde even voor iedereen zijn fiets had gepakt en min of meer in een rij stond, klaar om te vertrekken. Alleen Boyan stond nog naast zijn fiets in zijn broekzakken te graven.

'Kom, Boyan!' riep Adriaan.

'Ik ben mijn fietssleutel kwijt!' riep Boyan met een benauwd gezicht.

Asha liep naar Boyan toe. 'Waar heb je hem gelaten?'

'Weet ik niet meer.'

'In je broekzakken gekeken?'

'Ja.'

'In je rugzak?'

'Ja.'

'Haal die nóg maar eens binnenstebuiten.'

En toen kwam de sleutel toch te voorschijn. Met een rood hoofd sloot Boyan achteraan. Ze konden vertrekken.

Ze reden nu door de duinen over schelpenpaadjes die knarsten onder hun wielen. Voor Anne fietste Kirsten weer naast één van de tweeling. En als het nu Thom was? dacht Anne. Dan... dan vond ze het nóg niet leuk.

'Afstand houden! Achter elkaar!' riep mevrouw Scheltema, toen de smalle paden omhoog en dus ook naar beneden bleken te lopen. Want dat was een leuke sport: wie het hardste kon!

Anne vond het heerlijk: ze hadden nu de wind in de rug en de duinen waren prachtig. Op een gegeven moment keken ze uit over de zee.

'Zwemmen! We willen zwemmen!' werd er geroepen. Op dat moment ging het mis: ergens voor Anne remde iemand. Kirsten, Sam of Thom en twee meisjes reageerden niet op tijd en vielen over elkaar heen. Omdat ze een behoorlijke vaart hadden, gleden ze door. Alleen Sam of Thom had geluk: hij viel opzij en met een soort koprol wist hij van zijn fiets te springen, en hij kwam ongedeerd op het gras terecht.

'Stop!' riep Anne naar de voorste fietsers. Haar roep werd

overgenomen door de anderen en mevrouw Scheltema kwam van voor in de rij en Asha van achter aangesneld. Fietsen werden op hun kant in het duin gelegd en mevrouw Scheltema bleek ineens een E H B O-trommel te hebben.

Anne was blij dat zij nog wel op tijd had kunnen remmen. Ze zag de drie meiden op hun lippen bijten terwijl hun geschaafde knieën en ellebogen schoongemaakt werden en er pleisters op werden geplakt. Kirsten maakte er zelfs een klein drama van. Sam en Thom zaten links en rechts van haar. Ze hielden nog net niet haar hand vast, zag Anne. En ze dacht heel langzaam: ze moet van Sam afblijven.

Voelde Sam dat? Hij kwam op haar af. Ze nam tenminste aan dat het Sam was.

'Ik ben Sam,' zei hij zacht. 'Is er iets?'

'Nee, niks,' zei Anne en zweeg. Maar zij kon toch niet twee jongens... Bleef Thom niet gewoon over voor Kirsten?

'Ja, nou, eigenlijk bedoel ik...' begon ze, maar ze wist niet hoe ze het moest zeggen zonder haar gevoelens te verraden. 'Ik kan het niet zeggen,' maakte ze ervan.

Sam ging naast haar zitten en samen keken ze naar de inspectie van de gevallen fietsen. Een paar krassen op de lak, een scheef stuur en een geknapte spaak, werd geconstateerd. Maar toen ze weer opstapten, bleek Kirstens fiets toch ernstiger beschadigd. Eén van de trappers was verbogen.

'Ik ga er wel mee naar het verhuurbedrijf,' zei Adriaan. 'Fietsen jullie maar door.'

'Nou, dan kunnen we verder.' Mevrouw Scheltema zuchtte van opluchting. 'Nu maar wat rustiger aandoen.'

De slinger fietsen zette zich in beweging. Kirsten ging voorzichtig bij een van de tweeling achterop zitten. Sam

Doe dan wat uit

'Pfff, wat heb ik het warm!' Anne liet zich in het zand vallen en wiste het zweet van haar voorhoofd.

'Doe dan wat uit, mens,' lachte Asha. 'Kun je lekker afkoelen in zee.'

Maar dat wilde Anne niet. Liever goot ze het laatste restje water uit haar flesje over haar hoofd om af te koelen.

'Zonde.' Asha had intussen wel haar korte broek en shirt uitgetrokken en stond nu in haar badpak. Maar zij had een prachtig lijf en mooie ronde borsten, zag Anne.

Er waren er meer die aangekleed bleven zitten. Daan natuurlijk, Lara ook en nog een jongen. Het viel wel op tussen al die zwembroeken, badpakken en bikini's, maar het kon Anne niks schelen. Zij had nog een korte broek aan, Daan bleef zelfs in de ergste hittegolf in een lange broek lopen. Hooguit rolde hij zijn broekspijpen op. Maar hij liep wel mee naar het water.

'Ik wil het niemand aandoen,' zei hij toen Sam of Thom vroeg waarom hij zijn zwembroek niet aanhad. 'Ik verblind iedereen met mijn witte benen en verbrand vervolgens levend. Bovendien...' Hier zweeg hij even dramatisch. '...Kan ik niet zonder mijn ketting.'

Anne negeerde de vragende blikken van de tweeling. Ze wilde zich gewoon niet blootgeven, maar dat hoefde niemand te weten.

Het water was heerlijk. Anne en Daan stonden met hun

voeten in het water toe te kijken hoe de anderen de golven indoken. Natuurlijk werden ze wel nat gespetterd. Maar dat was lekker fris.

Zelfs in zwembroek was de tweeling niet van elkaar te onderscheiden, zag Anne.

'Vind jij dat nou ook zo vervelend dat je niet weet wie je voor je hebt?' vroeg ze aan Daan terwijl ze op de twee identieke jongens wees.

Die haalde zijn schouders op. 'Neuh, ik vind het wel grappig. En als zij graag als aparte individuen aangesproken willen worden, dan moeten ze maar voor een verschil zorgen. Dus ik zeg gewoon Sam tegen Thom of andersom, zoals het uitkomt.'

Anne zuchtte. Daan kon het weer mooi zeggen, maar het begon haar steeds meer te irriteren.

Sommige kinderen hielden het langer uit in het water dan andere. Een deel van de meisjes ging op hun handdoeken liggen zonnen. Een paar jongens ging één van hen ingraven. Boyan had zelfs een schep mee, zag Anne.

Daan viste een balletje uit zijn broekzak waarmee ze in de branding gingen staan overgooien. Sam en Thom wilden meedoen.

'Best,' zei Daan.

'Nee,' zei Anne.

Alle drie de jongens keken haar aan.

'Doe niet zo gek,' zei Daan.

Deed ze gek? Ja, eigenlijk wel. Wilden ze niet met Kirsten, maar met háár iets doen, was het ook weer niet goed. Maar ze was van slag, er was te veel Sam en Thom om haar heen. Anne haakte af en ging terug naar haar handdoek.

Thom of Sam kwam naar haar toe. 'Waarom doe je niet mee?'

'Daarom, laat me met rust,' snauwde ze. Dat was niet aardig, dat wist ze best, maar ze voelde zich zo raar. Waarom kon ze niet gewoon meedoen, zoals altijd? Of misschien dan toch met de meisjes deze keer? Ze keek naar het geklets op de handdoeken en het gedraai in de zon.

Oké, ze ging het gewoon proberen. Dus verhuisde ze haar handdoek naar Lieke, Kirsten, Katja, Lara en nog een paar meisjes.

Anne luisterde naar de onderwerpen die voorbij kwamen: school, leraren, kleedgeld, zoenen. Wie oudere broers of zussen had op school, kon de anderen heel wat vertellen: over de kantine, welk vak moeilijk was, wat je moest doen als je te laat was en over de verschillende leraren natuurlijk. Op gedempte toon, want mevrouw Scheltema lag in de buurt. Ze had haar ogen wel dicht, maar of ze sliep was daarmee niet zeker. Nou, Anne kon ook wat sappige verhalen vertellen. Ze praatte mee en vermaakte zich eigenlijk best. Ze luisterde met belangstelling naar de meiden die al kleedgeld kregen en nam zich voor er thuis ook over te beginnen. Alleen bij het onderwerp zoenen werd ze weer onzeker.

'Je moet je hoofd goed scheef houden,' beweerde Kirsten. 'Anders zit je met je neus tegen elkaar.'

'En niet te wild, dan klikken jouw tanden tegen die van hem,' zei Katja.

'En door je neus blijven ademhalen,' voegde een ander eraan toe.

'Maar hoe weet je nou of je geen vieze adem hebt?' vroeg iemand.

Er werd gegiecheld.

'Nou, zo.' Kirsten maakte van haar handen een kommetje waar ze in blies. 'Dan adem je je eigen adem in en dan ruik je het wel.'

'Je kunt ook over de rug van je hand likken en er dan aan ruiken,' zei Katja. 'Kijk.' Ze probeerden het allemaal even uit.

'Mijn zus zegt dat je altijd kauwgom bij je moet hebben,' zei weer een ander. 'Dus dan is je adem altijd fris. En als je vriendje een vieze adem heeft, bied je hem er één aan.'

'En je ogen?' werd er gevraagd. 'Open of dicht?'

'Dicht!' zei Kirsten.

'Open!' riep Katja tegelijkertijd. 'Anders zit je ernaast,' maakte ze duidelijk.

Kirsten boog zich voorover en bracht haar hoofd vlak bij Katja. 'Je kunt helemaal niet scherp zien op zo'n afstand,' zei ze. 'Dus doe maar lekker je ogen dicht.'

Ze gierden het uit.

'En niet je tong te ver in zijn mond...' ging Katja verder. 'Ik zoende een keer met een jongen die zijn tong zo ver in mijn mond stak... Ik kokhalsde bijna!'

Ze gruwden er allemaal van.

Hoeveel van hen hadden al gezoend? vroeg Anne zich af. Ze klonken zo ervaren. Of was dat bluf?

'Wie wil er een ijsje voor ons halen?' Een eindje verderop kwam mevrouw Scheltema uit haar luie houding overeind.

'Ik!' Anne sprong op, blij met de afleiding. Kon ze weer bewegen, tenminste.

'Daar in de strandtent kun je ijs halen. Waterijs, 23 stuks. Asha, jij ook? En kijk wie daar aankomt: Adriaan! Alsof hij geweten heeft dat we nu ijs gaan halen. Ik heb ook wel zin, dus 26 ijsjes.'

Inderdaad kwam Adriaan aangelopen. Anne zag dat Asha's gezicht opvrolijkte. Ze nam zich voor die twee eens goed te bestuderen.

'Nou, is het gelukt?' vroeg mevrouw Scheltema.

Adriaan knikte. 'Ik heb een andere fiets meegekregen. Kirsten kan weer verder fietsen.'

Anne kreeg de portemonnee aangereikt en vertrok. Halverwege de strandtent hoorde ze plofjes in het zand achter zich. Opnieuw één van de tweeling.

'Laat me met rust, dat heb ik net ook al gezegd!' riep Anne uit.

'Niet tegen mij,' zei Sam. 'Dat was Thom.'

Toen ontplofte Anne. 'Ja, en jij zou steeds zeggen wie je was! Weet je wel dat jullie asociaal zijn? Ga iemand anders lastigvallen met die flauwe geintjes van jullie. Ik ben het hartstikke zat!' Kwaad liep ze verder, zo snel ze kon in het rulle zand.

'Ik zeg toch wie ik ben?' hoorde ze nog achter zich.

Was dat zo? Anne wist het niet meer. Ze wist alleen dat ze in de war was door de tweeling.

In de strandtent was het druk, dus het duurde even voor ze aan de beurt was. Haar boze bui raasde nog even door.

Met een doos vol ijsjes kwam ze even later weer teruggelopen. In de verte zag ze Sam en Thom apart van de anderen staan praten. Nou ja, praten? Het leek wel of ze ruzie hadden.

Anne werd met gejuich ontvangen. De rest van de klas kwam op het juichen af, maar Thom en Sam kwamen pas aangelopen toen mevrouw Scheltema hen riep voor de twee laatste ijsjes in de doos.

'Hoe laat is het eigenlijk?' vroeg mevrouw Scheltema.

Asha haalde een horloge uit haar tas: 'Vier uur.'

'Nog even, dan gaan we hier weg.' Mevrouw Scheltema keek de groep rond. 'We fietsen met elkaar naar Nes. Daar mogen jullie doen wat je wilt. Rondlopen, iets voor thuis kopen, een ijsje eten. Wij gaan naar de boerderij om te koken. We verwachtten iedereen om zes uur weer terug.'

'Ik heb nog niet gezwommen!' protesteerde Adriaan.

Mevrouw Scheltema stond op. 'Dat komt voor elkaar! Jongens, allemaal een arm of een been...'

Dat lieten ze zich geen twee keer zeggen. Een grote groep stortte zich op Adriaan en ze sleepten hem naar de zee. Lachend verdween hij kopje onder. Asha stond van een afstandje toe te kijken.

Een van de meisjes wees naar Asha. 'Zouden zij eigenlijk al hebben gezoend?'

hoe doen we het?

Het duurde even voor iedereen zijn kleren weer aanhad en zijn natte handdoek achter op de fiets had gebonden. Anne wipte van haar ene been op het andere. Wachten, hoeveel tijd zouden ze verdoen met op elkaar wachten!

Daarna fietsten ze samen naar Nes.

'Wij gaan niet naar Nes, we fietsen door naar Buren!' had Boyan Anne in het oor gefluisterd. 'Ga je mee?'

'Heb je de kaart dan bij je?'

Boyan klopte op zijn borst. 'Altijd.'

'Zullen we een kopie maken en de tekening teruggeven?' stelde Anne voor.

Daar voelde Boyan niks voor. 'Wat een gedoe. En die vrouw weet er niks van, van die tekening. Dus ze mist niks.'

Anne aarzelde. Zou ze met Lara en de andere meiden... Diep in haar hart vond ze het zoeken kinderachtig, maar ze wilde ook niet door de jongens buitengesloten worden. 'Ja, ik ga mee,' zei ze.

In Nes waaierde de groep uit elkaar en Anne, Daan, Boyan, Sam en Thom fietsten door naar Buren. Het zou nu niet opvallen dat ze iets anders gingen doen.

'Hoe doen we het?' vroeg Daan toen ze van de fiets stapten.

'De omgeving van het huis leidt tot niks.' Boyan haalde de kaart weer te voorschijn. 'We gaan rondlopen en kijken gewoon heel goed om ons heen of we een plek zien die lijkt op de cirkels en de rechthoeken.'

'Sightseeing Buren, dus,' zei Sam of Thom.

'Kan één van jullie niet even iets anders aantrekken of zo?' vroeg Anne ineens. Ze had er genoeg van niet te weten wie wie was.

Daan keek haar vreemd aan en Thom en Sam wisselden een blik waarvan Anne niet begreep wat die betekende. Misschien voerden ze nu wel een gesprek zonder woorden, dacht ze. Zoiets hoorde je wel van een tweeling, dat ze elkaar zomaar begrepen. Maar Anne zag ook dat Boyan opgelucht knikte.

'Lijkt me een fijn plan,' zei hij.

'We hebben niks anders bij ons,' zei één van de twee.

'Doe je shirt binnenstebuiten aan,' bedacht Daan.

'Dat doe ik wel,' zei de ander en voegde de daad bij het woord.

'En jij bent...' Anne lachte zenuwachtig.

'Sam,' zei Sam.

'En nu op zoek,' zei Thom, 'naar cirkels en rechthoeken.'

'Ja,' zei Sam, 'op zoek naar bomen en bankjes.'

'Als dat een bankje is, moet dat ook een bankje zijn.' Annes wijsvinger ging op de kaart van de platte rechthoek tussen de cirkels naar die aan de andere kant van de streep.

'Maar wat moet dat dan voorstellen?' Thom wees naar het figuurtje ernaast. Die leek nog het meest op een grote Romeinse één.

'Kweenie,' zei Anne met een zucht.

'Waar vindt men zoal bankjes?' vroeg Daan.

'In het park,' antwoordde Thom. 'En daar zijn ook bomen.'

'Waar is het park?' was Daans volgende vraag.

'Zoeken!' riep Boyan.

'Oké, karren maar!' zei Daan.

Ze reden door Buren, maar Buren had geen park.

'We kúnnen nog in Nes gaan kijken,' zei Anne. En toen gilde ze ineens: 'Kijk!'

Ze wees naar de straat waar ze stonden: rechts een bank en precies ertegenover weer een bank, met aan de ene kant één boom en aan de andere twee. Er waren wel meer bomen, maar de afstand tot die andere was net groter.

'Dus dan zou...' Boyan staarde naar de meest rechterboom van de twee.

'Misschien...' zei Sam voorzichtig.

'Vannacht! Ik wil een poging wagen.' Boyan keek hen allemaal aan. 'We gaan graven als het donker is en onze leiding slaapt.'

'Yes!' Over het stuur van hun fietsen heen gaven de jongens elkaar de high five.

'Anne?' Boyan keek nu haar aan.

Ze lachte. 'Ik ga mee hoor, zo'n avontuur wil ik niet missen.'

Anne keek weer naar het bankje aan de rechterkant van de straat. Daarnaast, op de plek waar op de kaart die grote Romeinse één stond, was ook een bank, maar dan een andere: zo'n gebouw waar je geldzaken kon doen. Ze grinnikte. Interessant spoor.

'Wat valt er te lachen?' vroeg Sam.

Anne wees van de kaart naar de werkelijkheid. 'Bank. Bank. Bank.'

'Ja, ja, en dan ligt dáár bij de boom het geld van een bankoverval verstopt,' zei Daan. 'Je hebt te veel fantasie, meisje.'

Anne lachte. 'Júllie zijn hier degenen met de meeste fantasie!'

Kom dromer, we gaan iets verzinnen

Al van een afstand zagen ze dat de meesten van hun klasgenoten al terug waren. Ze zetten hun fietsen weg en hingen hun natte zwemgoed over de waslijn naast de boerderij, waar al een heleboel handdoeken wapperden. Anne zag dat Kirsten naar hen keek. Ze had zin om haar tong uit te steken.

Daarna liepen ze naar de keuken om wat te drinken.

'Je hebt je T-shirt binnenstebuiten aan,' zei Asha, die met een stapel borden in haar handen achter Sam langs liep.

Die grijnsde. 'Weet ik.'

Even later konden ze aan tafel. Onder groot gejuich zette Adriaan de patat op tafel. Ook van de kip en de appelmoes werd goed gegeten, maar van de doperwten bleef een halve pan over.

Terwijl ze een ijsje aten, vertelde mevrouw Scheltema over de bonte avond. 'Jullie gaan straks allemaal wat voorbereiden. Als je weet wat je gaat doen en met wie, kom je het bij mij melden en dan maak ik een programma. Geef ook even aan hoeveel tijd het gaat kosten. Om half tien beginnen we. Daarna is het disco.'

Ze juichten. Anne keek stiekem even naar Sam die een eind verderop aan tafel zat. Hij keek ook naar haar. Geschrokken wendde ze haar blik af. Keek hij de hele tijd al? Wat had Asha ook al weer gezegd over kijken? Anne werd er zenuwachtig van.

Toen werd ze in haar zij gestompt. Daan.

'Kom, dromer, we gaan iets verzinnen.'

Ze liepen eerst naar de jongensslaapzaal, maar daar was al een groep bezig. Aan het lachen te horen werd het heel lollig. In de hal was een groep meiden aan het dansen. Ook in de eetzaal en zelfs buiten waren groepjes bezig. Maar achter de boerderij was niemand. Daar gingen Anne en Daan in het gras met allebei een knopje van Daans diskman in het oor naar de muziek liggen luisteren.

Plotseling kwam Anne overeind. 'Ik weet het!' riep ze.

'Ik vind alles best, als we maar niet ingewikkeld hoeven te oefenen,' zei Daan met zijn ogen nog dicht.

'Nee, dat hoeft niet,' zei Anne. 'We doen een bankoverval!'

Nu deed Daan zijn ogen open. 'Een bankoverval?'

'Ja, luister!' En Anne begon in zijn oor te fluisteren. Toen ze uitverteld was, grijnsde Daan van oor tot oor.

'Goed idee! Maar waar halen we mutsen vandaan, midden in de zomer?'

'Ja,' gaf Anne toe, 'dat is een probleem.' Maar even later wist ze daar een oplossing voor.

'Misschien word ik later wel crimineel,' zei Daan. 'Levert vast meer geld op dan bioloog.'

Ze waren klaar en konden dus lui op hun rug in de zon blijven liggen.

Totdat iemand riep: 'Psst! Daan, Anne, willen jullie wat leuks zien?'

Anne deed haar ogen open en wist even niet waar ze was. Ze was in slaap gesukkeld! Ze kwam overeind en trok daarmee de muziek uit haar eigen oor.

O, ja, kamp, boerderij, Daan en muziek. En nog een keer die stem, gedempt, maar dringend: 'Anne, kom dan!'

Anne draaide zich om en zag vier meiden voor hen staan: Lieke, Kirsten, Katja en een meisje dat Jacolien heette. Alle vier waren ze zwaar opgemaakt en hadden ze roze kleren aan. Kirsten had een pleister op haar slaap en twee op haar onderarmen. Die hadden ook roze moeten zijn.

'Asha en Adriaan liggen te zoenen, kom gauw!' Kirsten wees in de richting van de heuveltjes achter de boerderij.

Anne kwam verder overeind en gaf het oortje aan Daan, die lui bleef liggen. Ze had ook niet anders verwacht.

De meisjes hadden hun vingers tegen hun lippen gelegd, alsof ze zo zachter konden lopen. Lieke gebaarde dat ze moest bukken en dáár, óver die bult moest gaan kijken.

Anne ging plat op haar buik liggen en legde het laatste stukje af door zich met haar ellebogen af te zetten. Toen ze haar hoofd optilde, zag ze de twee liggen met de armen om elkaar heen geslagen. Adriaan lag op zijn rug en Asha op haar zij naast hem, met haar been opgetrokken over dat van hem. Zij leunde op een elleboog, haar andere hand had ze in zijn nek gelegd. Ze zoenden. Ja, ze waren echt aan het tongzoenen en heftig ook.

Anne trok haar hoofd terug, bang dat ze haar misschien zagen. Ze hoorden het gegniffel van de anderen achter zich, nee, naast zich. Die wilden ook weer kijken.

Ze moesten dicht tegen elkaar aan liggen, want alleen vanaf dit heuveltje konden ze niet gezien worden.

'Kijk, zie je wel, ze hebben hun ogen dicht!' fluisterde Kirsten.

Dat had ze beter niet kunnen doen. Of maakte een van de anderen lawaai? Ze konden ook hun lachen niet langer inhouden. Asha keek verschrikt op en zag hen.

'Hé, stiekemerds! Gluurders! Durven jullie wel!' Maar ze lachte erbij.

'Verstop je dan beter!' riep Kirsten. Gillend sprongen ze op en renden weg.

'We zijn aan het oefenen voor de bonte avond!' riep Adriaan hen nog achterna.

'Leuk, hè?' vroegen de meisjes aan Anne.

Die knikte. Ze aarzelde tussen teruggaan naar Daan of met de meiden meelopen. Ze koos voor het laatste en liep mee naar de schommels. Twee van hen gingen erop zitten, de rest liet zich eromheen in het gras zakken.

'Zag je dat?' herhaalde Kirsten. 'Ze hadden toch echt hun ogen dicht!'

'Het waren lange zoenen. Op tv doen ze het niet zo lang,' zei Lieke. Ze probeerde de haarlok achter haar oor te dwingen, maar hij sprong steeds weer terug.

Ze praatten verder over hun favoriete soaps en waren het er niet over eens welke leuker was: *Leve de liefde* of *It's a womans world*. Moest zij hier nu voortaan ook naar gaan kijken, vroeg Anne zich bezorgd af.

Op dat moment piepte er een mobieltje. Drie meiden tegelijk haalden er een te voorschijn.

'Het is die van mij,' riep Kirsten.

Ze drukte op een knopje en las het bericht. 'Van Reny,' zei ze. 'Moet je horen: naar school geweest. baluh. hele school weet het. schaam me rot. mijn pa errug kwaad :-(Reny'

'Tjee, wat zielig!' vonden ze allemaal.

'We gaan alle drie terug sms-en, oké?' stelde Lieke voor. 'Als we nou steeds een berichtje sturen, hoort ze er toch nog een beetje bij.'

Anne had geen mobiel, dus kon ze niet aan de actie meedoen.

'Weet je wat?' zei Kirsten. 'We vragen dat aan iedereen

die een mobieltje heeft. Ik geef haar nummer wel door.' Ze stond op om de daad bij het woord te voegen.

Even later hoorden ze mevrouw Scheltema roepen: 'Verzamelen! De bonte avond gaat beginnen!'

Anne liep terug naar de plek waar ze Daan had achtergelaten. Ze stootte hem aan. 'Kom, crimineel, het slechte pad begint.'

stilte graag en jullie aandacht

In de eetzaal waren alle tafels aan de kant geschoven zodat de stoelen in een halve kring om het 'podium' stonden. Mevrouw Scheltema liep rond om te kijken of iedereen kon zitten en verschoof nog wat stoelen. In de hoek stond Adriaan klaar bij de muziekinstallatie en Asha stond bij de deur naar de hal waar het groepje van Lieke en Kirsten stond te wachten.

Maar eerst kwam Boyan naar voren. Hij had iets in zijn hand dat een microfoon moest voorstellen en daarin begon hij zomaar te praten, hoewel de klas nog lang niet stil was. Hij klapte daarom maar eens in zijn handen, waarop de groep begon te lachen en te joelen. Een beetje ongelukkig bleef Boyan staan, verloren om zich heen kijkend. Mevrouw Scheltema wilde hem te hulp schieten, maar hij hief ineens zijn hand op.

'Dames en heren,' begon hij weer. Nog was het niet stil, maar nu praatte hij gewoon door. Er werd algauw 'Sst, sst!' geroepen, en toen was hij voor iedereen verstaanbaar.

'Dames en heren, geachte klasgenoten, welkom allemaal. Voor jullie staat jullie presentator van vanavond. Dit is het begin van een spetterende show waarin klas B1D zijn talenten zal laten zien. En die hebben we: héél speciale talenten en op zéér veel verschillende gebieden. Mevrouw Scheltema mag blij zijn met zo'n topklas!'

Natuurlijk begon B1D alvast luid te juichen en te applaudisseren voor zichzelf. Boyan moest even wachten voor hij verder kon praten.

'Dus: stilte graag en jullie aandacht voor de groep vaaaan...' Boyan rekte de a en wachtte even voor hij hun namen eruit liet knallen. 'Kirsten, Katja, Lieke en Jacolien!'

De vier meiden kwamen binnen en gingen in positie staan, twee met hun rug naar het publiek toe en twee met hun gezicht naar voren.

Adriaan startte de muziek. De meiden playbackten en dansten erbij. Ook nu kon Lieke de haarlok niet op zijn plaats houden, ze blies er steeds tegenaan onder het dansen.

Boyan kondigde iedere nieuwe groep aan: een moppentrommel, nog meer dans en een quiz. Daarvoor werden vrijwilligers gevraagd: welke Carry van Brugmuggen stelden zich beschikbaar, vroeg Boyan. Maar Anne en Daan konden de quiz niet zien. Ze moesten zich in de hal klaarmaken voor hun eigen optreden.

Het was er een enorme bende. Overal lagen kleren en spullen die de verschillende groepjes nodig hadden. Het was even zoeken voor ze hun T-shirts terug vonden, die ze bij gebrek aan echte als bivakmuts over hun hoofd trokken. Voor de spiegel in de washokken trokken ze de shirts op de goede plaats zodat de twee gaten die Anne erin had geknipt voor hun ogen vielen, en knoopten ze in hun hals vast. Het kon er best mee door, vond Anne, hun outfit van overvaller.

Ze moesten nog wachten, maar toen kondigde Boyan hun optreden aan. 'Dames en heren, jongens en meisjes,' riep hij. 'Wat nu volgt is een spannende, spectaculaire en absoluut bloedstollende act. Vergeet niet adem te halen...' Boyan zweeg even om de spanning op te voeren.

Hij verbaast me steeds meer, dacht Anne in die stilte.

'Je moet je fantasie gebruiken,' ging Boyan verder. 'We zijn nu bij de bank. Daar is het loket en wij staan met z'n allen in de rij. En dan...'

Boyan liet met een zwaai van zijn arm weten dat ze konden beginnen. Asha deed de deur voor hen open en Anne en Daan stormden naar binnen, met hun hand onder hun trui. De naar voren gestoken wijsvinger moest het pistool voorstellen.

Daan schreeuwde: 'Dit is een overval!'

En Anne riep met een zo laag mogelijke stem: 'Handen omhoog!'

De klas lachte en natuurlijk stak niemand zijn armen de lucht in. Anne, die niet anders had verwacht, bleef desondanks midden in de zaal staan met haar wapen op de klas gericht. Daan liep naar de hoek van de eetzaal, waar eerst de zithoek was met een paar luie stoelen en een bank. Nu stonden de meubels dicht tegen elkaar aan geschoven. Daan beval met een simpele knik van zijn hoofd dat de kinderen die in de weg zaten, plaats moesten maken. Lachend stonden ze op. Vervolgens schoof Daan met veel lawaai de stoelen en tafels aan de kant. Nu was de weg vrij.

Anne kwam erbij staan en samen tilden ze de bank op. Daarmee kwamen ze uit de hoek, staken de lege ruimte van het podium over en verdwenen door de deur die weer door Asha werd opengehouden. Tevreden over hun geslaagde bankoverval luisterden Anne en Daan naar het gelach en het applaus uit de zaal. Ze trokken hun mutsen af en gingen terug naar de eetzaal. De bank lieten ze staan, die brachten ze straks wel terug.

Het volgende nummer, zojuist door Boyan aangekondigd, was weer een combinatie van playback en dans. Daarna was het Lara's beurt.

Anne keek om zich heen terwijl ze meeklapte bij Lara's binnenkomst. Waar waren Thom en Sam? Ineens realiseerde ze zich dat zij al een poosje weg waren. Dan had Sam hun act niet gezien! Waar waren die jongens? Voorbereiden natuurlijk, maar hadden ze daar dan zo veel tijd voor nodig?

Adriaan zette de muziek aan en Anne herkende het liedje direct. Het was uit hun musical. In het midden van het podium stond alleen een tafel. Lara was erop gaan zitten en begon te zingen. De musical ging over een bootreis met heel veel verschillende passagiers. Op een gegeven moment stak er storm op en leden ze schipbreuk. Lara zong een liefdesliedje. Zou ze haar geliefde ooit nog terugzien?

De klas was doodstil, alsof iedereen begreep dat dit meer was dan een simpel musicalliedje. Ze hadden waarschijnlijk allemaal wel meegedaan aan een afscheidsmusical, maar dit klonk zeker weten mooier, vond Anne. Lara had echt een heel mooie stem. Je geloofde ook helemaal dat ze verschrikkelijk verdrietig en wanhopig was, zo goed leefde ze zich in. Toen de muziek niet meer klonk, bleef het even muisstil. Daarop brak het grootste applaus van die avond uit.

Lara boog kort en liep verlegen terug naar haar plaats. Ze bloosde, zag Anne. Het applaus bleef nog even aanhouden, daarna was de aandacht weer bij Boyan, die alweer met zijn microfoon zwaaide.

'Prachtig! Prachtig! Heb ik te veel gezegd? Zo'n talent heeft het Carry van Bruggen College nog nooit binnen zijn muren gehad en dat zit bij ons in B1D!!! En nu nóg meer toptalent. Het kan niet op vanavond. Opnieuw professionals. Niet zomaar een dansje, maar twee jongens die zeer veelbelovend zijn. Geen streetdance, geen disco, geen breakdance, geen rock & roll. Nee, dit is... moderne dans zoals jullie nog nooit hebben gezien. Mag ik jullie aandacht voor... Thom en Sam!'

Een schokje ging door Annes lijf. Om haar heen klonk lacherig commentaar. Dans? Deed de tweeling aan ballet?! Er werd gegniffeld. In tutu zeker!

Anne schrok. Ze gingen zich toch niet belachelijk maken? Dát wilde ze niet meemaken.

De muziek begon zonder dat zij nog te zien waren. Het duurde even voor de klas stil was. Anne ving iets op wat ze liever niet had willen horen. Jongens die aan ballet doen, zijn toch homo?! vroeg iemand zich veel te luid af. Mevrouw Scheltema waarschuwde dwars door de muziek heen.

Toen kwam er één op. Helemaal in het donkerrood gekleed, strak donkerrood. Het leek nog het meest op een schaatspak met lange mouwen en broekspijpen, maar dan zonder muts. Zijn voeten waren bloot. Weer ging er wat lacherig geroezemoes door de groep. Anne deed haar best om niet te veel naar die bobbel in zijn kruis te kijken die zo duidelijk te zien was onder al dat strakke. Ze voelde vaag iets wat op schaamte leek.

Maar de danser zelf liep rustig vanuit de hal naar een plek ergens in het midden van de zaal. Het gezicht boven dat rood was een en al concentratie. Sam of Thom?

Anne werd ineens gegrepen door de uitdrukking op het gezicht. Alsof hij ergens anders was... Ze vond het... mooi. De vlinders kwamen weer tot leven, maar ze vond het ineens niet erg meer. Ze ging iets bijzonders zien, dat wist ze heel zeker. Hij was bijzonder, of het nu Sam was of Thom.

De muziek was onbekend, dacht Anne. Het was geen

popmuziek en ook niet klassiek, wat haar vader nog wel eens op had staan. Maar wat het wel was? De muziek bleef zichzelf herhalen leek het wel, maar toch klonk het elke keer anders. En de violen of wat het ook waren, klonken steeds indringender. Mooi was het, heel mooi.

De bewegingen van de danser werden groter. Zijn soepele jongenslijf verkende de ruimte om hem heen, eerst nog zonder van zijn plaats te komen. Ineens was er nog een danser. Anne had hem niet binnen zien komen. Vanuit de hoek waar Adriaan bij de muziekinstallatie stond, kwam hij nu aangelopen. Hij was in het donkerblauw. Maar alleen de kleur verschilde. Verder waren ze identiek. Ook de bewegingen waren een poos gelijk, maar elk op hun eigen plek.

Algauw ontdekten ze elkaar. Hé, jij bent er ook. En je lijkt op mij. Anne wist helemaal niet of het klopte wat ze zag, maar zo leek het. Ze kwamen van hun plaats en ontmoetten elkaar, volgden elkaar, deden elkaar na en gingen steeds meer ruimte gebruiken. Ook leken ze steeds meer samen te dansen, dichter en dichter op elkaar. En uiteindelijk met elkaar. Steeds meer armen en benen leken ze te hebben, steeds meer één lijf met vier armen en vier benen. Twee rode en twee blauwe.

Tot slot waren ze één kluwen arm en been en lijf. De muziek tolde in het rond en eindigde nogal plotseling.

Zo'n stilte als Lara's lied achterliet, klonk nu niet. Het gejuich barstte direct los en was oorverdovend. Ze klapten in hun handen en stampten met de voeten. Ze hadden allemaal gezien hoe bijzonder dit was.

De jongens bogen en liepen soepel weg, de hal in. Door naar de slaapzalen, zag Anne. Het applaus ging nog eventjes door en verstomde pas toen Boyan al een tijdje met zijn microfoon zwaaide.

'Hier heb ik geen woorden meer voor, zo'n bijzondere voorstelling hebben we gezien. Absoluut mooi, absoluut bijzonder, absoluut top!' Boyan keek er erg trots bij, alsof hij zelf had bijgedragen aan het succes. 'En dan zijn we alweer toe aan het laatste onderdeel van deze avond. We zullen verdergaan met iets totáál anders. Iets wat ook leuk is, maar echt héél anders. Een show van Jan-Hille, Malik en Abdoel: sssstriptease!'

Boyan had niks te veel gezegd. De drie jongens, erg dik gekleed, pelden laag voor laag uit. Ze maakten er een show van en vooral toen ze uiteindelijk alle drie nog slechts in hemd en boxershort stonden, steeg de spanning. Tergend langzaam kruisten de drie jongens hun armen voor hun borst en trokken het hemd omhoog en... De groep barstte in lachen uit: ze hadden een bikini aan! Dat zat van geen meter natuurlijk en het stond belachelijk! Nu gingen ook de boxershorts uit... en kwam het bijbehorende bikinibroekje te voorschijn.

Alle drie staken ze hun armen de lucht in en bogen. De klas schreeuwde en floot.

Vlak voor ze wegliepen naar de hal, draaiden ze zich om, pakten met hun handen op hun rug de bovenrand van de broekjes beet en lieten héél even de bikinibroekjes een eindje zakken. Daarna renden ze weg.

Boyan liep weer naar voren met zijn microfoon. Hij kwam bijna niet boven het lawaai uit: 'Dat waren ze dan: de blote billen van Abdoel, Malik en Jan-Hille. Dames en heren, nog een laatste applaus voor ons allemaal.'

Ze braken de boel bijna af. Ze sprongen van de tafels, juichten en schreeuwden, sloegen elkaar op de schouders, renden kriskras door de zaal en schreeuwden: 'Disco! Disco!'

wil je dansen?

Te midden van die drukte liep Anne onrustig rond. Ze wilde wat nuttigs doen, maar wist niet goed wat. Haar stukgeknipte T-shirt zat in haar tas, de bank stond weer in de eetzaal. Overal waar ze kwam, waren al kinderen bezig. Sam en Thom hadden zich nog niet laten zien. Anne zag Boyan met Adriaan staan praten in de hoek bij de muziekinstallatie. Ze liep naar hen toe en sloeg Boyan op zijn schouder. 'Goed gedaan!' zei ze.

'Nou en of,' zei Adriaan. 'Dat heeft hij zeker goed gedaan. En jullie act was heel grappig.'

Dat moest Boyan bevestigen. 'Leuk bedacht.'

'Alle stukjes waren leuk, vond je niet?' vroeg Adriaan.

'Ik vond dat van Sam en Thom...' Anne aarzelde. Ze wilde niet te veel zeggen. 'Heel bijzonder,' maakte ze de zin af.

'Die jongens hebben talent,' zei Adriaan. 'Ik heb geen verstand van dans, maar dat kan ik wel zien.'

'Ik wist helemaal niet dat ze konden dansen. Jij?' vroeg Boyan.

Anne knikte. 'Dat hadden ze verteld. Maar niet dat ze zo... goed waren. O, kijk, daar zijn ze.'

Terwijl ze wegliep, hoorde ze Adriaan tegen Boyan zeggen: 'Dus jij doet de muziek?'

Anne was van plan naar Sam en Thom toe te lopen, maar de jongens, allebei met een blad drinken in hun handen, werden omringd door hun klasgenoten. Daarom stapte Anne op Lara af en ging naast haar op één van de tafels zitten, die nog aan de kant geschoven stonden.

'Je hebt mooi gezongen,' zei ze. 'Al heb ik het al twintig keer gehoord, ik voelde weer de rillingen over mijn rug lopen.'

'Weet je, ik krijg zangles,' vertelde Lara enthousiast.

'Leuk,' zei Anne.

'Ja, ik wil later zangeres worden.'

'Leuk,' zei Anne opnieuw en terwijl ze naar de dansende klas wees, vroeg ze: 'Wil jij dansen?'

'Jij?' vroeg Lara.

Anne schudde haar hoofd en dus bleven ze samen zitten kijken naar hun klasgenootjes die met de disco waren begonnen. Boyan draaide de muziek en kondigde de nummers aan, al was hij niet altijd verstaanbaar. Hij deed met niemand mee op de bonte avond en ook nu stond hij alleen in zijn hoek, maar hij was toch steeds druk bezig, bedacht Anne.

Lang niet iedereen danste, de rest liep wat rond of stond te kletsen. En of ze nu dansten of niet: alle hoofden zagen er verhit uit.

Anne veegde zelf ook met de rug van haar hand over haar voorhoofd. Onrustig zwaaide ze met haar benen heen en weer. Hun middelbare school moest nog beginnen, dacht ze, en Lara wist al wat ze wilde worden. Sam ook. En zij had echt geen flauw idee. Het enige waar ze goed in was, was sport, maar niet zo goed dat ze topsport kon doen. Zou je dan toch je beroep van sport kunnen maken?

Ineens merkte ze dat ze weer een aanval had van wat ze zelf ms-angst noemde: angst voor alles wat haar op de middelbare school te wachten stond. Hoe zou het zijn om weer de kleinste te zijn? Zou ze de weg kunnen vinden? Het was zo'n enorm gebouw! Zou ze haar groep acht niet te veel missen? En meester Bas? En zou ze niet te zenuwachtig zijn voor de proefwerken? En hoe zouden de leraren zijn? Als ze allemaal net zo aardig waren als mevrouw Scheltema, viel het misschien nog wel mee. Maar als ze dacht aan wat haar broer soms vertelde...

'Waar denk je aan?' Plotseling stond één van de tweeling voor haar. 'Sam,' zei hij en wees op zijn T-shirt dat hij weer binnenstebuiten droeg. Dat had ze net van een afstand niet gezien, alleen maar dat ze weer hetzelfde aan hadden.

Haar hart had het plotseling erg druk en haar tenen krulden in haar gympen. Anne voelde zich ineens blij van binnen.

'Ik dacht net aan school,' zei ze. 'Maar wat heb je mooi gedanst!'

'Dank je.'

'Ja, echt, ik wist niet dat jullie zó goed waren. Het...' Anne wilde zo graag zeggen wat het met haar had gedaan, maar ze vond de woorden niet. 'Ik weet niet... ik kan het niet zo goed zeggen, maar het was... mooi, héél mooi.'

Sams gezicht viel bijna uit elkaar, zo breed grijnsde hij. 'Wil je dansen?' vroeg hij met een knik naar de dansvloer waar de halve klas druk aan het bewegen was.

'O nee, ik kan niet dansen. Ik bedoel, ik ben niet zo goed als jij,' zei Anne geschrokken.

'Nee, logisch. Maar ik bedoel zúlk dansen,' en Sam wees achter zich. 'Dat kun je toch wel?'

'Nou, goed dan.' Anne sprong op.

Ze voelde zich stijf en houterig naast Sam. En daar kwam nog bij...Haar knieën waren knikkerig of haar benen wiebelig of hoe moest je dat noemen als je je slap voelde van verliefdheid...

Toen zag ze Daan kijken. En ze begreep iets niet. Maar wat dat was...

Ineens wilde ze niet meer. In de hoek stonden bekers met fris en daar liep ze naartoe. Sam danste nu met Thom en met een paar andere meiden. Kirsten was natuurlijk ook van de partij, zag Anne. Had ze nu spijt dat ze weg was gelopen? Met haar bekertje fris ging ze bij Daan staan, maar ze keek naar Sam.

Met haar kaken op elkaar geklemd hield ze het drie nummers uit. Toen stapte ze tussen de dansers door naar Sam toe. 'Ik wil mee dansen,' riep ze in zijn oor.

'Oké,' zei Sam. Hij lachte. Het echode in haar maag. Of buik. Of waar dan ook onderin. Maar tot haar schrik zag ze dat Sam nu ineens zijn T-shirt niet meer binnenstebuiten droeg.

'Ben jij Thom?' vroeg ze.

'Ja,' zei hij.

'O, ik...' Anne wist even niet wat ze moest doen. Kwaad weglopen? Sam zoeken? Doorgaan met dansen? En hoe kon het dat Thom dezelfde reactie in haar opriep?

De muziek viel stil, het nummer was afgelopen. Anne wilde haar voeten optillen en verplaatsen, maar dat lukte niet. Zo zwaar voelde ze zich. Moe ook. Alsof ze een zware training achter de rug had. Ze keek Thom aan. 'Ik vond het dansen heel mooi,' zei ze nog maar eens. Meer kon ze niet zeggen, want Boyan liet nieuwe muziek door de zaal knallen.

Toen die afgelopen was, zei ze: 'Nu ga ik naar Sam.'

En toch was dansen met Sam anders dan dansen met Thom, al kon ze niet zeggen waarom. Anne had dansen niet eerder zó leuk gevonden. Met het afscheidsfeest van groep acht hadden ze ook disco gehad. Toen had ze meer gekeken dan meegedaan. Ze had zich die avond vermaakt met wat door de school te rennen en chips te eten en te stoeien en met de meester te praten. Nu leek alles anders. Anne zuchtte ervan.

Ineens was de muziek ook anders. Langzame muziek! Moest zij nu ook schuifelen? Hoe deed je dat?

Sam deed een stap dichterbij en legde zijn armen losjes achter haar rug. Nu moest ze natuurlijk ook...? Het zweet brak haar uit en ze had het al zo warm! Belachelijk, zelfs voor een belangrijke wedstrijd bleef ze een stuk kalmer. Anne keek opzij en deed de andere meiden na. Sam begon langzaam heen en weer te bewegen en Anne schommelde mee.

Er was nog afstand tussen zijn lichaam en dat van haar. Ze voelde hem niet. Behalve het wiebelen deed hij niks. Niet iets met zijn handen of zo, dat zag je ook wel eens. Dan leek het net een beetje op vrijen... Stel je voor...

Wat kon je veel denken onder het dansen! En ze dacht ook weer aan de bobbel onder dat strakke pak. Was hij de rode geweest of de blauwe? Straks vragen! Nu haar aandacht erbij. Voelen hoe hij beweegt. Meebewegen.

Hij hield zijn hoofd rechtop, dus deed zij dat ook. Hij had zijn ogen dicht gedaan. Nee, dat wilde ze niet. Ze moest blijven zien wat er om haar heen gebeurde.

Hoe zou het eruit zien, hoe zij stonden? Ze gluurde naar de anderen. Sommigen waren veel dichter bij elkaar. Bij Lieke zag het eruit of ze zich niet erg gelukkig voelde en Kirsten had haar hoofd op de schouder van de jongen gelegd met wie ze danste. Hé, en dat was niet eens Thom! Kirsten danste met Malik.

En ineens was het nummer afgelopen. Opgelucht en spijtig tegelijk merkte Anne dat Sam haar losliet. Hij zei iets in haar oor, maar dat verstond ze niet, want Boyan had een nieuw nummer laten beginnen, weer hard en snel.

Veel te gauw naar Annes zin zei mevrouw Scheltema dat het tijd was om naar bed te gaan. Uiteraard protesteerde iedereen heftig. Dus mochten ze nog één nummer en toen nog één en nog één. En uiteindelijk nog een allerallerlaatste. Dat was weer langzaam.

Nu deden ze het tegelijk: Anne legde haar armen om Sam heen en hij deed hetzelfde bij haar. Nu stonden ze wel dichter bij elkaar, voelde Anne. Tenminste, ze voelde hem *bijna*. En ze trapten ook steeds bijna op elkaars tenen. Ze moesten er allebei om lachen. Anne legde haar hoofd tegen zijn wang en deed haar ogen dicht. Toch merkte ze dat de paar lichten die nog brandden, uitgingen. Het was nu bijna helemaal donker. Een paar kinderen gingen joelen, maar Anne voelde zich stil worden omdat Sam haar tegen zich aandrukte. En weer kon ze haar gedachten niet uitzetten. Ze dacht aan zijn armen. Hoe sterk zou hij zijn? Ze moesten maar eens handje drukken. Ze dacht aan zijn borst tegen die van haar en een beetje paniekerig vroeg ze zich af of hij haar niet te mager zou vinden. En ze dacht aan zijn buik tegen die van haar. Was dat... Voelde ze nu... Ook dacht ze aan zijn lijf in dat strakke pak.

Ze vroeg in zijn oor: 'Was jij die blauwe of die rode?'

'De rode,' zei Sam en om een of andere reden maakte het haar gelukkig.

Het ging veel te snel voorbij. Alle lichten gingen nu aan en ze lieten elkaar gauw los. Anne knipperde met haar ogen. Zonder verder iets te zeggen hielp ze de tafels terug te zetten.

een hoop stress

Tussen de andere meiden in stond Anne bij de wasbakken haar tanden te poetsen. Om haar heen werden plannen gemaakt om het feest op de slaapzalen voort te zetten. Anne had geen zin om mee te doen. Ze had een hoop om over na te denken. Sam, dus. En ze moest nadenken over Daan die tijdens het opruimen een paar keer op een rare manier naar haar gekeken had. En of ze nu ineens bij een andere groep hoorde, bij de meiden die van disco hielden. En kon ze nog wel 'gewoon' met de jongens meedoen? Sam maakte alles anders.

Even later lag ze in het donker in haar slaapzak met haar handen onder haar hoofd naar het plafond te staren. Om haar heen praatten de andere meisjes zacht, maar van een feest merkte ze niet veel. Ook uit de andere slaapzalen kwam weinig geluid. Dat was gisteren wel anders geweest.

Niemand ging de zaal uit, niemand kwam binnengeslopen. Hoe zou het bij de jongens zijn? Even dacht Anne nog aan Reny, hoe die zich moest voelen.

Het werd langzaam stiller om haar heen. Anne was nog steeds klaarwakker. In haar hoofd herhaalde zich de avond, plaatje voor plaatje: de optredens van de bonte avond, hun eigen bankoverval, Lara's lied, de dans van Sam en Thom. Ze kon zich nu pas voorstellen dat Sam had gezegd dat zij er hun beroep van wilden maken. Twaalf uur per week trainen was best veel. Zij stak ook heel veel tijd in voetballen, maar niet zó veel. En zij was best goed, maar geen uitblinker, zoals Lara en Thom en Sam. Anne zuchtte in het donker.

Daarna dacht ze weer aan het dansen met Sam en voelde ze opnieuw die spanning. Het was leuk, maar er was ook iets niet leuk. Ze moest er nu rekening mee houden dat ze een meisje was, al wist ze niet of ze dat fijn vond. Ze dacht weer aan Sams lichaam dat zo heel anders was dan dat van haar. Ze wist best hoe een jongenslijf eruitzag, daar had ze tenslotte een broer voor, maar het was nu ánders om eraan te denken. Wat ingewikkeld allemaal!

Net zoals gisteren hoorde Anne Asha binnenkomen en naar bed gaan. Ze zou nog wel een praatje met haar willen maken en vragen hoe het zat met haar en Adriaan en hoe jongens en meiden met elkaar omgingen, maar ze durfde niet goed.

Daarna werd het helemaal stil.

Toen ineens trok iemand aan haar arm.

'Psst, Anne, kom je? We gaan naar Buren, de schat opgraven,' fluisterde iemand in het donker naast haar bed.

Anne kwam overeind en wreef in haar ogen. Dan moest ze toch in slaap zijn gevallen!

'Daan?' vroeg ze zacht.

'Ja, ga je mee?'

Anne gleed haar bed uit en kleedde zich snel aan. De jongens hadden het niet meer over de nachtelijke tocht gehad, ze was er eigenlijk van uitgegaan dat het niet meer zou doorgaan. Maar nu stonden ze in de gang op haar te wachten: Boyan, Thom en Sam. Eén van hen had zijn fleecetrui binnenstebuiten aangetrokken. Het was raar Sam nu weer te zien, na het dansen en na al haar gedachten. Ze schaamde zich alweer een beetje. Ze keek maar niet te veel naar hem.

Stil slopen ze weg. De deur naar buiten was op slot, maar de sleutel stak gewoon in het slot.

'Nemen we die mee?' vroeg Anne toen ze buiten stonden.

Daan wees op de open ramen van de slaapzalen. 'We kunnen ook daarlangs.'

Ze overlegden hoe ze zouden gaan en besloten de fiets te pakken.

'Die van mij staat helemaal achteraan,' klaagde Boyan terwijl hij op de rij tegen elkaar geparkeerde fietsen wees.

'Pak er gewoon één,' stelde Thom voor. 'Het maakt niet uit welke, ze staan toch niet op slot.'

Ze hoopten dat ze zacht genoeg wegreden. Anne keek voor de zekerheid even achterom. Op kamp gaan leverde een hoop stress op, dacht Anne.

Zwijgend legden ze de inmiddels bekende route af over het stille, donkere eiland. Nee, niet stil, ineens was er geluid dat al snel dichterbij kwam. Hard praten en lallen en iemand die een luide boer liet. Een groepje jongeren, zes man op drie fietsen, kwam hun slingerend tegemoet. Alsof ze per ongeluk op dit nachtelijke eiland terecht waren gekomen, dacht Anne.

Ze keek op haar horloge toen ze Buren binnenreden: vijf over drie. Hier was het ook al zo stil. En waarom was het zo donker? Het leek bijna donkerder dan buiten het dorp. Het zachte zoeven van hun wielen op de straatstenen klonk eerder dreigend dan geruststellend. Alsof ze hier niet mochten zijn. Maar ja. Eigenlijk mocht dat ook niet.

Zouden hier geen enge mannen zijn? Welk risico liepen ze eigenlijk? Hoe sterk waren ze met zijn vijven? Anne was nog nooit zo laat op straat geweest. Waar was ze aan begonnen? Ineens wist ze waarom het zo donker was: thuis branden altijd veel straatlantaarns. Hier waren er maar een paar die licht gaven.

Zouden de jongens het toch ook een beetje eng vinden? Niemand zei iets. Dat hoefde ook niet. Ze wisten allemaal de weg, ze hoefden niet tegen elkaar te zeggen: hier is het, afstappen en fiets wegzetten. Anne kromp een beetje in elkaar toen ze het tikken hoorde van twee sturen die elkaar raakten. Ook het uitklappen van de standaard van één van de anderen maakte herrie. Nooit geweten dat je met een fiets zo veel lawaai kon maken. Ergens blafte een hond. Anne zag dat Daan ervan schrok. En daar schrok zij weer van. Wie zou hen allemaal kunnen horen? Zou iemand zo meteen komen kijken wat zij uitspookten?

Ze stonden voor de bank in het licht van de enige brandende straatlantaarn van de hele straat. Rechts en links staarden ze naar de rest van de straat, die verborgen was door de duisternis. Er was verderop nog een brandende buitenlamp, maar meer dan een puntje licht was dat niet. Boyan klapte met een korte, hoorbare tik zijn schep uit, een groene, opvouwbare schep.

'Jullie allemaal op de uitkijk!' beval Boyan op fluistertoon. 'Ik ga beginnen.'

Anne liep een eindje bij hen vandaan, maar ze wilde niet al te ver. Daan liep de andere kant op. Wat ver weg, dacht Anne. En ze dacht ook nog: gelukkig dat er nu niks veranderd is, ik kan gewoon met ze meedoen.

Verder dacht ze niet zo veel. Ja, nog zoiets als: opschieten, Boyan, ik wil weer terug naar de boerderij. Eén van de tweeling was op het bankje tussen de bomen gaan zitten en de ander hielp met zijn handen met graven, zag ze. Nu het donker was, kon ze opnieuw niet zien wie wie was. Ze ging met haar blik van het ene silhouet naar het andere en weer terug. Heen en terug. De een en de ander. En toen hoorde ze geluid achter zich.

Geschrokken keek ze om. Ze zag niks, natuurlijk zag ze niks. Veel te donker. Maar er was iets of iemand!

'Psst! Jongens!' riep ze halfluid terwijl ze op Boyan af liep. 'Ik hoor wat!'

Boyan kwam overeind en gooide zijn schep in het gat. Alle vier gingen ze ervoor staan in de hoop het gat aan het zicht te onttrekken van...

Er gebeurde niets. Er was niemand. Anne liet haar adem met een lange fff ontsnappen.

Daan was inmiddels ook dichterbij gekomen. 'Wat is er?' vroeg hij.

'Dat vragen wij ons ook af,' riep de tweelinghelft met de zwarte handen. Dat was Thom.

Toen klonk dichtbij een kort kefje. Anne greep geschrokken de arm van Daan.

'Jeuh, ik schrik ervan,' zei Daan.

Nu zagen ze de hond ook. Kwispelstaartend kwam een middelgrote, donkerharige hond op hen afgelopen en likte Daans uitgestoken hand. Toen in de verte een fluitje klonk, keerde hij zonder pardon om.

Ze bleven bij elkaar staan luisteren naar de geluiden die misschien te horen waren. Ja, voetstappen! De late wandelaar kwam hun kant op.

'Gewoon blijven staan,' zei Boyan zacht. 'En niet niks zeggen, dát is pas verdacht.'

Sam grinnikte. 'En waarover moeten wij het hebben dan?'

'Over onze glorieuze toekomst op het Carry van Bruggen College?' stelde Daan voor.

'Maakt niet uit,' zei Boyan. 'Wij staan hier gewoon met

elkaar wat te praten. Als die bult zand maar niet opvalt.'

'Ze zullen hier wel gewend zijn aan jongeren die nacht-braken,' zei Thom.

Maar zij waren twaalf, dacht Anne. Zo laat waren de gemiddelde twaalfjarigen vast niet op stap.

Daan begon te lachen. 'Nachtbraken? Net als Reny zeker!'

Thom begon vieze geluiden te maken en Sam viel in. Boyan klopte hen lachend op de schouders.

Op dat moment passeerde de wandelaar. Anne kon niet goed zien of de man naar hen keek. Ze hoopte maar van niet. Er liep een rilling over haar rug.

De hond kwam weer langs en stak zijn neus even naar hen uit. Daarna liep hij zijn baasje achterna.

Ze wachtten tot de man echt weg moest zijn vóór Boyan op zijn knieën viel om de schep uit het gat te halen. Hoe diep zou hij gegraven hebben? Er lag een hele bult aarde rondom de boom. Hij begon nu aan de andere kant. Anne bleef staan kijken, ze vertikte het om die donkere straat weer in te lopen.

'Ik geloof dat dit niks wordt, jongens,' zei ze na een poosje voorzichtig.

Boyan, het zweet op zijn voorhoofd, liet zijn blik van Anne naar het gat en van het gat naar Anne gaan. Toen keken de drie jongens elkaar aan. Daan kwam aangelopen en Boyan zei tegen hem: 'Dit wordt niks. Dood spoor. We maken het weer dicht.'

Even later stampten ze de aarde aan en zag je niks meer van wat ze hadden gedaan. Nou ja, bijna niks.

Toen lieten ze zich alle vijf aan de overkant van de straat op het bankje naast de bank zakken. Daar was een beetje licht. Boyan deelde drop uit en kauwend haalde hij de kaart weer te voorschijn. Ze staarden alle vijf in de straal van Daans zaklamp naar de schatkaart.

'Het wordt niks meer,' zei Boyan opnieuw. Anne hoorde de teleurstelling doorklinken in zijn stem. 'We hebben te weinig aanwijzingen. We hebben gewoon te weinig aanwijzingen.'

Binnenstebuiten...

Veilig tussen de anderen in probeerde Anne haar blik opnieuw door de duisternis te boren. Veel zag ze niet. Aan de overkant stonden twee leuke, oude huizen. Ze hadden met de walvisvaart te maken, daarover had Adriaan verteld. Woonden er vroeger geen kapiteins in die huisjes?

Ineens sprong ze op. 'Die letters naast de cirkel, daar!' Anne wees naar de kaart. 'Wie zei dat er KAAK stond? Nou, het is vást KAAK! Je weet wel, met de walvisvaart, ze namen de kaken van de walvissen toch mee?! Dat zei Adriaan. Daar maakten ze hekjes van om hun tuin heen. Of voor de sier bij de ingang van een belangrijk huis of zo. Dat is een aanwijzing! We moeten gaan zoeken bij een walviskaak!'

Vier paar ogen keken haar aan.

'Eh, en waar staan die kaken dan, als ik vragen mag?' zei Daan.

Anne keek weer naar de oude huizen aan de overkant. Alle dorpen hadden van die commandeurshuizen, schoot haar te binnen. En was er niet ergens een school die de kaken bij de ingang had staan?

Anne liet zich weer op de bank tussen hen in zakken. 'Ik weet niet, overal, denk ik.'

Ze zwegen.

'Wie wil nog een dropje?' vroeg Boyan.

'Ik.'

'Ik.'

'Ja, lekker.'

Daarna viel er weer een stilte.

'We hebben echt te weinig aanwijzingen,' zei Boyan nog een keer.

Het duurde even voor hij de volgende stap zette: 'We moeten maar terug.'

Alsof Daan wilde onderstrepen dat hij het eens was met Boyan, geeuwde hij luid.

Bijna tegelijkertijd stonden ze op.

Ze had er niet bewust moeite voor gedaan, maar Anne fietste nu naast Sam. Ze hadden geen haast, hun tempo lag lager dan dat van de anderen en algauw viel er een gat tussen hen en de rest.

Ze praatten nog wat over de kaart. Dat het geen goede kaart was, veel te onduidelijk en zo, maar dat het wel geinig was geweest om te zoeken. En ze praatten over de bonte avond. Sam vertelde over het dansstuk van Thom en hem, dat het speciaal voor hen gemaakt was en dat ze er al verschillende keren mee hadden opgetreden. Anne vroeg naar de muziek.

Toen ze bij de boerderij kwamen, klommen Thom, Daan en Boyan net door het raam naar binnen. Anne en Sam zetten hun fietsen weg en bleven toen nog een poosje staan praten, alsof ze allebei nog niet naar binnen wilden. Ze waren gaan fluisteren om de stilte niet te verstoren.

Zonder dat ze het hoefden overleggen, gingen ze op de houten bank van de picknicktafel op het terras zitten, dicht bij elkaar, maar net niet tegen elkaar aan.

'Kijk, het licht van de vuurtoren,' wees Sam naar de lichtbundel die met een zekere regelmaat door de donkere lucht boven de horizon gleed. De arm waarmee Sam gewezen had, legde hij niet weer langs zijn eigen lichaam, maar achter Anne langs. Anne hield haar adem in. Legde hij zijn arm om haar schouder? Nee, toch niet. Hij had hem op het tafelblad achter haar gelegd.

'Mooi, die sterren,' zei hij ook nog.

Een poosje zeiden ze niks. Maar dat was helemaal niet vervelend of stom. Ze boog met haar lichaam ietsje naar Sam toe. Nu leunde ze tegen hem aan. En direct daarop voelde ze wel Sams arm! Hij had zijn arm om haar schouder geslagen!

Stil bleef ze zitten. Nou, stil... Haar hart bonkte nog steeds als een bezetene, dus haar bloed racete door zijn banen en de vlinders namen heftig fladderend bezit van haar buikholte.

En nog steeds zeiden ze niks. Ze keken elkaar zelfs niet aan. Tot Anne zomaar een snelle kus op zijn wang durfde geven.

Sam draaide zijn gezicht naar Anne en glimlachte.

'Ik vind je lief...' zei hij.

'Ik jou ook,' zei Anne.

Haar vingers lagen ineens op zijn borst en streelden zijn fleecetrui. 'Binnenstebuiten...' fluisterde ze.

Sam keek Anne aan. Anne keek Sam aan. Het beeld werd onscherp. Anne slikte en slikte. Toen voelde ze heel even Sams lippen op die van haar. Eventjes maar, daarna ging zijn hoofd weer naar achteren en had ze zijn gezicht weer scherp.

Anne keek Sam aan. Sam keek Anne aan. Toen bogen ze opnieuw hun hoofden naar elkaar. Voorzichtig en zacht voelde ze Sams kus op haar lippen. Ze zuchtte ervan. Sam pakte haar hand vast en moest ook zuchten.

Zo bleven ze zitten. Koortsachtig dacht Anne na. Wat

hadden die meiden vanmiddag op het strand allemaal gezegd over zoenen? Moest ze... Zou ze...

Maar Sam deed ook niks meer. En er hoefde ook eigenlijk niks meer, vond Anne. Gewoon zitten en Sams hand
vasthouden. Want dát wilde ze nu wel. Dat was genoeg
voor nu.

'Het wordt al een beetje licht, zie je wel?' Sam fluisterde
het in haar oor en gaf er vervolgens een kusje op.

Je was steeds Sam, maar vanochtend was je Thom

'Anne! Anne!'

Iemand riep haar. Waarom? Ze wilde niet.

Nu had iemand haar schouder beetgepakt en werd ze heen en weer geschud. 'Anne, wakker worden!'

Waarom lieten ze haar niet met rust? Ze draaide zich om.

'Anne, opstaan! Het is al bijna half negen.'

Wat was er zo belangrijk? Anne worstelde om wakker te worden. Met veel moeite deed ze haar ogen open en keek Asha aan. Die zei vrolijk: 'Goedemorgen, jij kunt slapen zeg! We gaan zo ontbijten.'

Anne kreunde. 'Moet dat?'

'Ja, dat moet. Iedereen is zijn nest al uit, behalve jij.'

Iedereen?! In één klap was Anne wakker. Sam! Ze wist álles weer van gisteravond.

'Even wakker worden,' mompelde ze. 'Goed?'

'Héél even dan,' zei Asha.

Anne ging plat op haar rug liggen en deed haar ogen dicht. Bonte avond, dansen, disco, midden in de nacht naar Buren, Sam en de sterren.

Anne herinnerde zich nu ook dat ze wat vreemds had gezien gisteravond op de slaapzaal. Toen ze zich bukte om haar kleren in haar tas te stoppen, zag ze onder het bed van

Lieke een in elkaar gepropte slaapzak half uit Liekes tas steken, terwijl ze dus ook gewoon lag te slapen in een slaapzak. En die slaapzak onder het bed rook vreemd, om niet te zeggen: stonk. Was er de vorige nacht ook al iets met de slaapzak van Lieke aan de hand geweest, behalve dan dat Reny erover had gekotst?

Er was een gedachte boven gekomen: zou Lieke nog in bed plassen? Dat hoorde je wel eens, van grote kinderen. Maar zij waren nu brúgklassers!

Anne kwam overeind en keek naar de bedrijvigheid van de meisjes om haar heen. De meesten waren al aangekleed en sommigen waren al aan het inpakken. Lieke was één van hen. Dus daarom was haar tas zo groot: er zaten twee slaapzakken in. Zielig.

Anne wurmde zich uit haar slaapzak en liet zich op de grond zakken. Ze griste haar handdoek mee en ging naar de washokken.

Ze bleef lekker lang onder de douche staan. Ze voelde haar borsten en dacht dat ze echt wat dikker aan het worden waren. Dat maakte haar blij. Goh, en het was nog niet eens zo lang geleden dat ze ervan baalde dat ze borsten kreeg.

Toen ze uiteindelijk onder de douche vandaan kwam en terug liep naar de eetzaal, was het verdacht stil. Zou iedereen al aan tafel zitten? Er was niemand meer in de slaapzaal. Anne legde haar natte handdoek over het voeteneind van haar bed en liep snel de zaal weer uit.

In de gang botste ze tegen Sam op.

'Hai!' zei hij.

Was het Sam? Ja, zijn T-shirt was binnenstebuiten gekeerd. Ze werd er helemaal blij van. Anne wachtte even af wat hij zou gaan doen. Toen deed zij het maar: ze gaf hem een kus op zijn mond.

Hij reageerde anders dan ze verwachtte. Geschrokken, leek het wel, en verbaasd. Hij trok zijn hoofd naar achteren en zoende haar dus helemaal niet terug. Waarom...?

Zijn gezichtsuitdrukking veranderde ook razendsnel. Was hij boos? 'Nu weet ik waar jullie zo lang bleven!' En hij liep weg van haar, de gang uit.

Anne was te verbluft om op tijd te kunnen reageren. 'Thom!' riep ze hem achterna, maar hij was al verdwenen, naar de hal en naar de eetzaal.

Ze stampte met haar voet op de grond. Nou ja, dit was achterlijk! Was dit weer een geintje? Daar hield ze dus helemaal niet van! Ze had zich volkomen belachelijk gemaakt! Dan hield het dus hiermee wel op!

Anne liep met grote passen naar de eetzaal waar iedereen al met zijn boterhammen bezig was. Het leek iedere maaltijd rustiger aan tafel, dacht Anne, terwijl ze rondkeek waar ze kon gaan zitten. Zij was vast de enige niet die nog slaperig was.

'Kijk, daar is nog een plaatsje,' wees Asha.

Anne at zwijgend haar ontbijt.

'Ochtendhumeur?' informeerden de kinderen om haar heen.

'Kijk naar je zelf,' gaf Anne terug.

Toen viel haar blik per ongeluk op Kirsten. Nou, dacht Anne, als er iemand een ochtendhumeur heeft, dan is Kirsten dat wel. Wat keek die chagrijnig!

Mevrouw Scheltema hoefde nu niet in haar handen te klappen voor ze iets kon zeggen. Ze werden vanzelf stil toen ze begon met praten: 'Nog maar eens goedemorgen voor iedereen. Ik hoop dat jullie goed hebben geslapen. We beginnen aan onze laatste dag hier op Ameland. Vanochtend doen we het douanespel, vanmiddag gaan we opruimen en schoonmaken, en terug naar huis.' Ze keek even de groep rond en voegde eraan toe: 'Gewoon met de boot.'

Een zwak boegeroep klonk wel even, maar niet hard genoeg om overtuigend te zijn. Annes blik werd automatisch naar Lieke getrokken die zich verborg achter haar loshangende haar.

Na het eten liep Anne naar buiten. Ze ging alleen in het gras zitten, maar wel zo dat ze de deur van de boerderij kon zien. Ze had nu geen zin in meidengeklets. Na een poosje kwam één van de tweeling naar buiten. Hij keek in het rond en kwam toen op haar af.

Anne probeerde haar gezicht op boos te zetten, maar merkte dat dat best moeilijk was. Jeetje, die jongens waren toch ook gewoon aardig. Maar juist daarom...

'Waarom deed je dat?' plofte er dan toch best nog wel kwaad uit toen hij bij haar was.

'Wat?' vroeg hij.

Ze wist niet eens wie ze voor zich had! Ze keek naar de naden van het T-shirt. Thom weer?

'Je T-shirt binnenstebuiten aantrekken! Ik dacht dat je Sam was.'

'Ik bén Sam ook.'

'Ja, maar vanochtend, op de gang. Eh...' Anne moest nadenken. Nu was ze echt in de war.

'Jij hebt je shirt omgekeerd aan. Jij bent Sam. Je was steeds Sam, maar vanochtend was je Thom.'

'Ik heb je niet gezien vanochtend... Alleen aan tafel, van een afstand. Je had een donderwolk boven je hoofd hangen.'

'Ik kwam Thom dus tegen in een binnenstebuiten T-shirt en toen gaf ik hem een kus omdat ik dacht dat jij het was en toen...' Anne knipperde met haar ogen. Niet gaan huilen, ze leek wel een meid!

'O, vandaar dat hij boos was.'

'Boos? Ja, dat vond ik ook al. Waarom?'

'Nou, vanwege ons...'

'Maar, ik dacht...' stamelde Anne. 'Jullie halen weer een geintje uit, dacht ik. Hij had zijn shirt dus...'

'Dat was per ongeluk,' viel Sam haar in de rede. 'Het was géén geintje.'

Opgelucht keek Anne hem aan. 'Echt niet?'

'Nee! Ik bedoel, we vinden het leuk als de anderen steeds in de war zijn, maar ik wil dat niet bij jou. Daar hadden we gisteren ook al ruzie over, dat ik niet wou dat jij ons door elkaar haalde en Thom wilde geen uitzonderingen maken. Dat vond hij maar flauw.'

'Op het strand?' vroeg Anne. 'Was dat op het strand?'

Sam knikte.

'Maar ik snap het nog niet. Waarom is hij boos?'

'We doen alles altijd samen. En dit soort dingen kan je niet samen doen.'

'O, eh...'

Sam keek een beetje ongerust. 'Ben jij nog boos?'

'Eh... een beetje.'

'En je bent nog wel op mij?'

Anne dacht na. Toen zei ze: 'Ik weet niet of ik dat nog wel ben. Ik wil niet op twee jongens tegelijk verliefd zijn. Dat is veel te ingewikkeld.'

Sams ogen werden groot. Verbaasd zei hij: 'Ben je dan ook verliefd op Thom?'

'Nee, natuurlijk niet. Maar jullie zijn toch hetzelfde? Ik raak steeds in de war.'

'Wij zijn niet hetzelfde,' zei Sam. 'Thom danst beter dan ik, hij heeft meer discipline. Hij is leniger dan ik. Ik ben ongeduldiger, maar Thom is sneller uit zijn humeur. Gauw boos en zo. Ik ben beter in taal en Thom in rekenen.'

'Nou,' zei Anne, 'daar heb ik nogal wat aan.'

Sam lachte. Toen wees hij op zijn rechterslaap, vlak bij de haargrens. 'Kijk, een litteken. Het is niet zo groot en het valt niet erg op, maar als je het weet, zie je het wel. Dat heeft Thom niet. Ik ben een keer gevallen toen ik te snel het tuinpaadje afrende. Ik vloog uit de bocht en kwam precies hier met mijn hoofd tegen de punt van het hek. Het moest gehecht worden.'

Anne knikte.

Sam keek haar lief aan. 'Kusje?'

'Nee,' zei Anne. 'Niet hier.'

Het leek allemaal zo onwerkelijk in het felle zonlicht. Gisteravond was het haar veel gemakkelijker afgegaan. 'Balletje trappen?' liet ze er dus maar snel op volgen.

'Goed. Heb jij een bal?'

'Nee.'

'Ga ik er een halen.'

Even later was hij terug. Hij had een ander shirt aangetrokken, een oranje. Anne zuchtte. Gelukkig, nu kon Sam gewoon Sam zijn. Thom, die ook klaar was met pakken, kwam mee. Hij had zijn shirt omgedraaid, de buitenkant was gewoon buiten. Hij zei niks over wat er op de gang gebeurd was, maar Anne voelde de spanning tussen de twee broers. Met zijn drieën trapten ze een balletje tot het tijd was voor het douanespel.

Broekzakken leeghalen!

Ze moesten een eindje lopen naar het bos waar ze het spel zouden spelen. Mevrouw Scheltema wees de plek waar Adriaan en Asha zouden zitten en liep vervolgens met de hele groep naar de overkant van het terrein, waar zij zou blijven om de smokkelwaar uit te delen. Daarna splitste ze de groep in tweeën.

'Dit zijn de smokkelaars,' wees ze de ene helft van de groep aan. 'Je krijgt van mij een papiertje met een bepaalde geldwaarde erop. Die breng je naar Adriaan en Asha. Als je onderweg getikt wordt door een douanier, mag deze één minuut lang je geld zoeken. Is de tijd voorbij zonder dat het geld is gevonden, dan moet hij je laten gaan. Is je geld afgepakt, dan haal je nieuw. Je mag de briefjes met geld verstoppen waar je wilt, maar niet op je blote vel,' zei ze.

'Ohhh, jámmer!' riep Kirsten. 'Ik wist anders een errug goeie verstopplek.'

'Ja, in je slipje, zeker,' riep iemand.

Er werd gelachen.

'Als ik fluit, verzamel je hier. Dan wisselen we van groep. We tellen het geld dat jullie hebben gesmokkeld, maar trekken ervan af wat er is afgepakt. Wie dan het hoogste saldo heeft, is de winnaar. Dan gaan de douaniers nu het bos in.'

Anne zag Sam weglopen. Zelf zat ze bij de smokkelaars die nu geld kregen van mevrouw Scheltema. Sommige kinderen mopperden, want het ene papiertje had meer waarde dan het andere. Anne kreeg een wit briefje met 'vijftig euro' erop. Onder gedempt gepraat zochten ze een goede verstopplek: tussen hun haar, achter een broekriem, in de schoenen. Anne vouwde haar geld net zo vaak dubbel tot het de grootte had van een kauwgompje en haalde daarna een plat pakje kauwgom uit haar kontzak. Ze drukte een kauwgompje eruit, stak dat in haar mond en propte het papiertje in het vrijgekomen vakje. Ze streek het cellofaan glad en stak het weer in haar broekzak. Daarna rolde ze de mouwen van haar T-shirt op, zodat het op een soort hemd leek. Het was nu al warm.

Ze ging op weg, zo dicht mogelijk langs bomen en bosjes. Aan het gegil te horen hadden de douaniers regelmatig beet. Zij werd twee keer getikt, maar de douane moest haar laten gaan: haar geld zat goed verstopt!

Bij Asha en Adriaan haalde ze triomfantelijk haar vijftig euro te voorschijn. Er waren meer kinderen met succes, verschillende briefjes waren al overgebracht.

Anne liep terug naar mevrouw Scheltema. Dit keer kreeg ze een briefje van twintig euro. Ze gebruikte dezelfde verstopplek en ging vol vertrouwen op weg.

Daar was Sam! Anne holde voor hem weg, maar hij was sneller.

'Hebbes!' zei hij terwijl hij haar schouder tikte.

'Nee, hoor, nog niet. Zoeken, maar!'

'Doe je schoenen maar uit,' zei Sam. Hij keek haar heel lief aan.

Anne gehoorzaamde.

'Rol je mouwen naar beneden!'

Ook dat deed Anne.

'Broekzakken leeghalen!'

Die waren leeg op de kauwgom na.

'Mag ik er één?' vroeg Sam.

Anne drukte een kauwgompje uit het cellofaan en duwde die in zijn mond. Ze voelde zijn lippen om haar vingers en lachte. Vervolgens keek ze goed om zich heen, deed een stapje in zijn richting en gaf hem een kus op zijn mond.

Daarna keek Sam in haar oren, woelden zijn vingers door haar haar en gleden zijn handen over haar heupen om de lusjes in de taille van haar broek te controleren.

'Je minuut is allang om,' zei Anne.

'Jammer,' zei Sam. 'Niet nog even langer?'

Maar Anne schudde haar hoofd en ging er snel vandoor. Ze liep regelrecht in de armen van Kirsten.

'Dat vond je wel lekker, hè?' zei die.

Anne schrok. Had ze alles gezien? Anne baalde. En helemaal toen Kirsten in één snelle beweging haar armen om haar heen sloeg en met haar vingers in haar kontzak graaide. Ze viste de kauwgom eruit en zei: 'Ik neem er ook ééntje, dat vind je zeker niet erg?'

Voordat Anne goed en wel besefte wat er gebeurde, had Kirsten het opgevouwen papiertje eruit gehaald.

Toen pas ontplofte Anne. 'Dat is niet eerlijk! Hoe weet jij... Je mag niet...'

'Ja, wat mag ik niet?' Kirstens stem klonk poeslief. 'Ik heb een feilloos gevoel voor geheime verstopplekjes.'

Boos liep Anne terug. Met nieuw geld, dit keer een briefje van maar vijf euro, begon ze weer aan de overtocht.

Al heel snel had Kirsten haar weer getikt. Nu hield ze gewoon haar hand op. 'Geef het pakje kauwgom maar.'

Anne aarzelde. Ze had het geld opnieuw in het kauwgompakje gedaan, het was tenslotte een goede verstopplek.

'Haal maar te voorschijn. Het zit in je kontzak,' zei Kirsten opnieuw.

Anne gaf het geld.

De derde keer had ze het geld in één van de opgerolde mouwen van haar T-shirt gedaan. Weer werd ze door Kirsten getikt. Die meid had het op haar voorzien! Ze wachtte haar gewoon op!

Kirsten gleed even met haar hand over Annes korte broek en grijnsde: 'Nee, niet daar. Misschien hier?'

Tot Annes stomme verbazing frunnikte Kirsten het briefje uit Annes mouw. Ook het vierde briefje werd door een steeds breder grijnzende Kirsten afgepakt. Zo was er niks meer aan.

Ze klaagde bij mevrouw Scheltema. 'Kirsten speelt vals!'

'Er is geen regel die zegt dat je niet steeds dezelfde mag tikken.'

'Maar ze weet steeds waar ik het heb verstopt!'

'Kennelijk zoekt ze goed.'

Daar had ze dus niks aan. Ze kon het zelf ook niet verklaren. Nu keek Anne goed om zich heen voor ze het geld verstopte. Geen Kirsten te zien. Ze maakte een zo groot mogelijke bocht langs de rand van het terrein. En toch stond Kirsten haar weer op te wachten en met trefzekere vingers haalde ze het briefje uit Annes gymschoenen.

Het wás vals spel. Ze wíst het gewoon!

'Hoe doe je dat?' vroeg ze.

'Wat bedoel je?' Kirsten hield zich van de domme.

Anne ging terug naar mevrouw Scheltema.

'Kirsten speelt echt vals. Ik weet niet hoe, maar ze weet gewoon waar ik ben en waar ik het geld heb.'

'Heel vervelend voor je, maar ik kan niet iedereen controleren, Anne,' zei mevrouw Scheltema. Met tranen in haar ogen ging Anne naast haar op de bank zitten. Ze weigerde nog meer geld over te brengen.

Even later werd het sein gegeven dat ze moesten ruilen. Anne hoorde nu bij de douane. Ze wilde Kirsten terugpakken, maar ze vond haar niet één keer.

Raak!

Anne was nog steeds uit haar humeur toen ze terugliepen naar de boerderij. Dat haar groep gewonnen had, kon haar niet opvrolijken. Ook Sam niet die bij haar kwam lopen, net zo min als hij er een verklaring voor had hoe Kirsten steeds kon weten waar ze haar geld verstopt had.

Bij de boerderij zochten ze de schaduw op. Anne dronk drie bekers limonade achter elkaar, zo'n dorst had ze. Mevrouw Scheltema zei dat ze nu eerst hun spullen moesten pakken. Ze konden de bagage in de hal leggen, die zou weer opgehaald en naar de boot gebracht worden. Daarna konden ze hun brood opeten en doen wat ze zelf wilden, als ze om twee uur maar weer terug waren.

'De kinderen die elkaar zijn kwijtgeraakt tijdens de dropping, helpen met schoonmaken!' riep ze tenslotte. 'Weten jullie het nog?'

Net toen Anne op wilde staan, kwam Boyan eraan.

'Je hebt gelijk,' zei hij. 'We moeten het teruggeven.'

'De kaart?'

'Ja. We kunnen er toch niks meer mee. En wie weet heeft het waarde voor haar.'

Anne knikte opgelucht. 'Ja,' zei ze. 'Dat vond ik dus al een goed idee. Maar jij en Daan hebben corvee!'

'We doen het daarna. We hebben nog wel tijd.'

Eerst ging Anne haar spullen pakken. De andere meisjes waren al druk bezig. Nadat ze haar tas bij de rest in de hal had gezet, ging Anne naar de slaapzaal van de jongens om te kijken hoe ver die waren. Het was daar een enorme puinhoop. Nog overal lagen kleren, schoenen, lege zakken chips, stripboeken, slaapzakken en handdoeken. Droge handdoeken, zag Anne. De viespeuken, zouden zij niet gedoucht hebben? Ze waren nog lang niet klaar. Dan maar buiten op ze wachten.

Sam verscheen als eerste. 'Als we Daan en Boyan nu aanbieden te helpen, mogen ze misschien eerder weg. Zullen we het vragen?'

'Goed idee!' riep Anne uit.

Mevrouw Scheltema had er geen bezwaar tegen en een kwartiertje later was Anne samen met Daan de vloeren van de slaapzalen aan het vegen.

'Nou, ik weet één ding zeker,' mopperde Daan. 'Ik word later geen schoonmaker.'

'En ik geen smokkelaar,' zei Anne en vertelde van haar bedorven spel.

Daans mond ging open. 'O, dus daarom liep ze steeds met haar mobiel. Dat vond ik al zo vreemd, dat ze tijdens het spel aan het sms-en was.'

'Wát?' Het duurde even voor tot Anne doordrong wat Daan vertelde. 'Ze moet met iemand hebben samengewerkt! Ze hebben mij met zijn tweeën bespioneerd! En toen... En zo... Dát zal ik haar betaald zetten!' riep Anne uit.

Daan haalde zijn schouders weer eens op. 'Maak je niet druk. Het was maar een spelletje.'

Ineens ergerde het Anne mateloos, dat eeuwige schouderophalen van Daan. Kon hij nou nooit eens iets serieus nemen?

'Veeg jij de vloer nou maar!' zei ze pinnig. 'En wel alle

zooi meenemen en niet de helft laten liggen, want anders kunnen we straks nog niet weg.'

'Hé!' riep Daan kwaad. 'Jij hoeft mij niet te zeggen wat ik moet doen. Dat heb jij nou altijd, dat je de baas wilt spelen.'

'Wát?' riep Anne weer. Ze tikte met de punt van de bezem op de vloer. 'Ik bázig? Nee, jij bent een slóme. Dát is het probleem! En ik lijk wel gek dat ik in die hitte me sta uit te sloven voor jullie. Ik kap ermee.'

Kwaad liep ze weg, naar buiten. Nou ja! Nu moest het niet gekker worden! Waar was Kirsten? Die zou ze eens goed de waarheid vertellen...

Anne kneep haar ogen half dicht tegen het felle zonlicht. Een paar meiden hing loom rond de schommels, maar geen Kirsten. Twee jongens speelden een potje tafeltennis, verder was er niemand te zien.

Anne zocht een plek in de schaduw, ze had nu de energie niet om naar Kirsten te gaan zoeken. Misschien was ze wel het dorp in. Anne staarde naar de blauwe lucht en knipperde met haar ogen. Ze moest heel erg haar best doen haar tranen weg te slikken. Nou had ze ook nog ruzie met Daan.

'Anne?' Sam stond voor haar. 'Ga je mee?'

Was het al zover? Ze kwam overeind. 'Zijn jullie klaar met schoonmaken?'

'Ja,' zei Sam. 'En we hebben keurig gevraagd of we even weg mochten.'

En zo reden ze met zijn vijven opnieuw in de richting van Buren. Daan was nog poepchagrijnig, nou, zij dus ook. Het was veel warmer dan gisteren, dacht Anne terwijl ze het zweet van haar voorhoofd veegde.

'Op slot doen, hè Boyan, en het sleuteltje aan Sam of aan mij geven!' riep Thom toen ze hun fietsen wegzetten.

Boyan belde aan en het duurde even voor de oude vrouw opendeed. Ze leek hen niet te herkennen.

'Dag mevrouw,' zei Boyan. 'We zijn hier met school voor ons introductiekamp en hebben eergisteren een spel gedaan, een ruilspel. Toen zijn we bij u aan de deur geweest en...'

Nu kwam een blik van herkenning in de ogen van de vrouw. 'Ja, dat weet ik nog.' Ze keek hen alle vijf eens goed aan. 'Maar jullie waren niet met zo veel.'

'Nee.' Boyan wees Daan en Thom aan. 'Zij waren er niet bij.'

Fout, dacht Anne. Thom was er wel bij, Sám niet. Had Boyan niet gezien dat Sam wat anders had aangetrokken? Of wist hij gewoon niet wie oranje droeg?

'Nu hebben we iets ontdekt,' ging Boyan verder terwijl hij het trommeltje omhoog hield. 'En dat willen we u laten zien.'

'Nou, dan moeten jullie maar even binnenkomen.'

Ze liepen achter de trage, sloffende voetstappen aan het huis in, waar het lekker koel was. In de kamer waren opvallend veel foto's: aan de muur, op het dressoir, op de tv en ook nog op de bijzettafeltjes. Er waren een paar heel oude bij, die helemaal verkleurd waren.

Boyan was op de bank gaan zitten en deed het trommeltje open.

De vrouw keek ernaar. 'Ja, ja, dat is nog een oud doosje van mijn moeder geweest, ze bewaarde er haar naaigaren en zo in.'

'Dat gaf u ons,' zei Boyan. 'Er zit een dubbele bodem in. En daar zat wat tussen. Een tekening. We dachten dat hij misschien wel waarde voor u zou hebben, daarom komen we die terugbrengen.'

'Och guttegut, wat een aardige kinderen zijn jullie. Nou, laat maar eens zien.'

Alsof het echt veel waarde had, zo voorzichtig haalde Boyan de kaart eruit en hij overhandigde hem opengevouwen aan de vrouw. Vol spanning keken ze hoe zij het papier aanpakte.

Toen leek haar gezicht zich te openen. Er kwam een lach te voorschijn die van veel minder rimpels gemaakt leek.

'Och gutteguttegut, kijk nou toch eens. Een tekening van Hidde. Wat aardig, wat alleraardigst.' Ze liet hun de tekening zien, alsof ze die nog niet onder ogen hadden gehad.

Dus toch een kindertekening, dacht Anne.

'Wie is Hidde?' vroeg Boyan.

'Mijn zoon,' zei de oude vrouw. 'Hij is nu vijfenveertig. Maar toen hij een kind was, maakte hij eindeloos veel van deze tekeningen.'

'Wat moet het voorstellen?' vroeg Sam.

De vrouw lachte. 'Ik denk een schatkaart. Hij maakte altijd schatkaarten en dan moesten mijn man en ik op zoek naar de schat.'

Anne zag hoe de jongens alle vier naar voren schoven op hun stoelen toen zij dit hoorden. Ach, jongens, dacht ze.

'Ja,' vervolgde de vrouw, 'dat was een leuk spelletje.' Ze stond op, slofte naar de tv en pakte één van de foto's. 'Kijk, dat is hij. Hij zal daar zo oud als jullie zijn geweest.'

Anne staarde naar een ouderwets jongensgezicht met een recht afgeknipte pony.

Thom vroeg ondertussen: 'En wat was die schat dan?'

'Och, guttegut, dat weet ik niet meer. Niks bijzonders. Wat zouden jullie verstoppen?'

Ze keken elkaar aan. Zij zou zulke kinderachtige spelletjes nooit doen, dacht Anne. En dan je ouders laten zoeken...

'Maar wacht eens, jullie mogen wel even gaan kijken.' Ze tikte met een magere vinger op de kaart. 'Dit lijkt de zolder wel. Ja, ik denk dat het de zolder is.' Hoofdschuddend glimlachte ze. 'Ja, je weet op een gegeven moment wel hoe je kind tekent.'

Nu keek ze hen aan. 'Ga maar naar boven. Ik ben aan het opruimen, dat weet hij nog wel.' Ze wees op Boyan. 'Ik ben te vaak de trap op en af gelopen, ik heb last van mijn benen, dus ik ga niet mee. Er staat nog een boel rotzooi, ik ben nog niet klaar met opruimen. Voorzichtig maar.'

Snel stonden ze op. Boyans ogen glommen, Sam kneep even in Annes hand. Zelfs Daan keek weer vrolijk.

Ze liepen achter elkaar de twee trappen op. Die eindigden bij een deur. Toen stonden ze op een tamelijk grote zolder, die helemaal met donkerbruine planken was afgetimmerd. Twee ramen waren er, het licht kwam van twee kanten. En overal oude meubels, dozen, plastic tassen, kisten, kastjes en losse spullen.

'Toch nog, toch nog,' zei Boyan toen ze boven stonden. Ze keken om zich heen en Thom gilde bijna toen hij zei: 'Natuurlijk! Die kaart is van deze zolder! Boyan, waar heb je hem?'

Met zijn vijven stonden ze om de tekening heen en zagen wat Thom bedoelde: 'Hier, dat streepje met de kleine dwarsstrepen: de deur. De platte rechthoeken: twee ramen. En de cirkels zijn de balken!' Thom wees boven hun hoofd: 'Eén, twee, drie.'

Het was een puntdak boven hun hoofd. De drie balken, die het dak leken te dragen, liepen schuin van de grond tot de nok. Het onderste gedeelte zat verstopt achter schotten.

'Nou,' mopperde Daan. 'Dan heeft die Hidde wel een on-
volledige tekening gemaakt. Want die balken zitten toch
echt ook aan deze kant.'

'Nee, ja!' riep Sam. Hij trok bijna de tekening uit Boyans
handen. 'Natuurlijk lopen de balken aan beide kanten
door. Maar deze balken zijn díe balken!' Hij draaide de tekening om. 'We hebben hem steeds op de kop gehouden.
Zie je? Hier is de deur, dan lopen we zo naar de derde balk
en dan zit daar ergens iets verstopt.' Hij wees.

Ze waren met Sam meegelopen waarbij ze om de rotzooi
heen moesten stappen. De jongens waren opgewonden,
zag Anne, maar zelf voelde ze de spanning ook, al wist ze
dat het niks bijzonders kon zijn. Als er al nog iets was na
zo veel jaar. Maar het feit dat ze de plek hadden gevonden
die de tekening voorstelde, was al leuk.

Omdat het onderste gedeelte was afgetimmerd met
schotten, was erachter een driehoekige bergruimte ont-
staan. Wat de zin ervan was, ontging Anne, want de zolder was één en al bergruimte. Toen riep ze uit: 'RAAK! Ik
weet het!'

Vier paar ogen keken haar vragend aan. 'Er staat niet
KAAK, maar RAAK! Als je in het doel schiet, is het RAAK!
Daar moet het liggen, achter het schot!'

was dat het?

Op de zolder stonden de vier jongens met een onopgeloste vraag in hun ogen naar Anne te kijken.

'Snap dat dan,' zei die ongeduldig en ze klopte tegen het schot. 'Dit deurtje noem je een schot. Even zien hoe het open moet.' Ze pakte de greep beet. 'Trekken? Schuiven? Nee, even optillen, dan kan het eruit.'

Nu zagen ze allemaal dat de zolder doorliep en dat er meer dozen stonden.

'En deze letters dan,' vroeg Daan zich af. 'Die letters in de cirkel?'

Boyan lachte. 'Nu staat er geen εi meer, maar 13. Of eh... ik denk 1,3. Want er staat een ministreepje tussen.'

'Ja!' riep Sam uit. 'Dat is nog een aanwijzing. Die Hidde houdt van puzzels.'

Thom deed zijn handen op iets meer dan een meter uit elkaar: 'Op deze afstand van de balk?'

'We hebben zeker geen meetlat bij ons?' vroeg Boyan.

Anne schudde haar hoofd. 'Ja, hoor en de "schat" is in al die jaren niet van zijn plaats gekomen.'

'Nee, maar het is misschien wel deze doos.' Thom was op zijn knieën in de achterste bergruimte gekropen en pakte één van de dozen op. Het had het formaat van een schoenendoos en waarschijnlijk wás het ook een schoenendoos, maar dan beplakt met blauw papier.

'VAN HIDDE,' stond er in een kinderhandschrift opgeschreven.

Anne hield haar adem in toen Boyan heel langzaam de deksel optilde. Ze zag dat de binnenkant van de deksel helemaal met plaatjes van walvissen beplakt was. Ook de binnenkant van de doos was versierd met plaatjes van walvissen.

Eén voor één haalde Boyan de dingen uit de doos en legde die naast elkaar op een rijtje: een paar vergeelde krantenartikelen, een zelf getekende kaart van de noordelijke IJszee, twee flesjes met inhoud, een ketting met een fotootje erin, een boek met de titel Moby Dick, een paar verschillende kunststof miniwalvisjes en helemaal onderin zat een met de hand geschreven werkstuk over walvissen en de walvisvaart, mét plaatjes!

Anne liet haar adem langzaam ontsnappen. Was dat het?

'Alles gaat over de walvisvangst,' zei Daan. 'Cool! Ik word later walvisvaarder!'

Thom begon te lachen. 'Dat mag niet meer, man, de walvisvaart is verboden.'

'Ja,' wist Anne, 'walvissen zijn een bedreigde diersoort.'

'Moet je kijken,' wees Sam op de kranten. 'Allemaal hartstikke oud. 1963, 1969, 1970, 1973.'

Anne stond op om zelf ook achter het schot te kijken. Voor de zekerheid. Misschien was er iets anders dat in aanmerking kwam als schat, maar dat leek haar niet: er stonden nog meer dozen, maar daar zaten muf ruikende dekens, schoenen en bollen wol in en verder lagen er stapels tijdschriften, restjes tapijt en oude verfblikken.

Wat had ze dan gedacht?! Je vindt heus niet zomaar een schat. In boeken gebeurde dat misschien, niet in het echt. Ze waren betrokken geraakt bij een kinderspel. Dat was alles. Het enige bijzondere was dat deze doos kennelijk al die tijd op zijn plek was blijven staan.

Ze keek Boyan aan.

'Nou, dat was het dan,' zei hij en zijn stem trilde een beetje. 'We nemen het mee naar beneden.'

'Ach guttegut,' zei de oude vrouw weer toen ze de doos zag. 'Van Hidde. Die jongen verzamelde altijd alles over de walvisvaart. Dat zal hij leuk vinden, dat jullie dit hebben teruggevonden.'

Ze haalde de spullen eruit en vertelde: 'Hij vond het heel stoer, de walvisvaart. Hij bewonderde de mannen die op jacht gingen in moeilijke omstandigheden: ijs en kou. En dan die grote dieren. Maar onze Hidde had ook een probleem: je kon eigenlijk niet vóór de walvisvaart zijn.' Ze wees op de krantenartikelen over het protest tegen de walvisvaart. 'En hij vond het prachtig!'

Anne pakte de beide flesjes op. 'Wat is dit?' vroeg ze.

De vrouw begon te lachen. 'Dit is levertraan. Kennen jullie dat? Daar hebben we onze Hidde mee groot gebracht. Daar zaten veel vitaminen in. En die andere...' Ze nam het flesje van Anne over en draaide het open. 'Olie, denk ik,' zei ze nadat ze had geroken. 'Lampolie, gemaakt van walvisolie.'

Nu nam ze het medaillon in haar handen. 'Ach ja, dat is ook zo, dáár is het dus gebleven. Die Hidde. Dit is een fotootje van mijn vader, Hiddes opa, ook een Hidde.'

Ze had een afwezige blik in haar ogen toen ze de spullen één voor één weer in de doos legde. Ze was vast terug in de tijd dat haar Hidde nog een kind was, dacht Anne. Als laatste pakte ze de tekening op die Boyan op de salontafel had gelegd. Ze zuchtte en vouwde de kaart op. Toen werd ze ineens heel bleek.

Anne schrok ervan. Jeetje, werd ze niet goed of zo? Met trillende handen had de vrouw de kaart weer uitgevouwen en het zweet stond op haar voorhoofd terwijl ze naar de achterkant staarde.

'Hoe kwamen jullie ook alweer aan deze tekening?' vroeg ze met een bibberige stem.

'Hij zat in de trommel die we van u gekregen hadden,' zei Boyan.

Hoorde ze hem wel? Haar blik was wazig.

'We deden een spel voor school,' hielp Anne haar herinneren. 'We belden aan of we een voorwerp mochten ruilen voor iets anders.'

'Is alles goed met u, mevrouw?' vroeg Sam bezorgd.

Toen liep ineens een traan over de gerimpelde wang.

Anne schoof ongemakkelijk op haar stoel heen en weer. De jongens keken nu naar haar, alsof ze verwachtten dat zij dit zou oplossen.

'Mevrouw? Wat is er?' Anne wist niet wat ze moesten doen. 'Moeten we een dokter bellen?' Ze had haar hand op de arm van de vrouw gelegd. En daar reageerde ze op. Toen ze Anne aankeek, was dat met een gerichte blik. Ze was blij, besefte Anne ineens.

'Jongens, sorry, maar ik... ik... Jullie hebben...'

Ze veegde met de rug van haar hand de tranen weg. 'Neem me niet kwalijk, hoor.' Ze hield de tekening omhoog. 'Hier, deze kant, de achterkant, dát is het! O, wat ben ik hier blij mee. Dat jullie dit hebben gevonden!'

Nog meer tranen stroomden over de oude wangen. Anne snapte er niets van. De jongens ook niet, zag ze, maar gelukkig was er dus niks ergs aan de hand.

De vrouw haalde een zakdoekje te voorschijn uit de zak van haar jurk waarmee ze over haar wangen veegde. Daarna snoot ze haar neus en begon te vertellen: 'Dit is een brief, een oude brief die erg veel waarde voor mij heeft. Jarenlang was ik hem kwijt en dat vond ik heel erg. Mijn man is een half jaar geleden overleden en bij het opruimen ben ik wel andere spullen van vroeger tegengekomen, maar niet de brief die ik hoopte te vinden.' Haar hand trilde. 'Ik heb nooit begrepen hoe ik dit kwijt ben geraakt. Maar Hidde heeft hem dus gebruikt om één van zijn schatkaarten op te tekenen. O, o, o. Dan hebben wij dit spel dus nooit gespeeld...'

Het zag er niet uit als een brief, dacht Anne. Vanwege de drukletters en boven de handgeschreven regels was geen datum of een aanhef of zo, zoals zij dat op school hadden geleerd. Anders hadden ze misschien wel beter gekeken.

'Maar wat is het dan voor een brief?' vroeg Anne nieuwsgierig. Toen ze begrepen hadden dat op de achterkant geen aanwijzingen stonden, hadden ze niet de moeite genomen het onleesbare handschrift verder te ontcijferen.

'Toen ik vijftien jaar was, kreeg ik verkering met Dirk,' vertelde de vrouw. 'O, wat was ik gelukkig: hij was een mooie, sterke jongen. Maar hij was ook jong, zeventien jaar, en wilde weg, de zee op om de wereld te zien. Die eerste jaren was hij veel van huis. Pas vanaf ons trouwen ging hij over op de visvangst. Tijdens zijn eerste lange reis schreef hij me een brief.' De trillende stem stokte even. 'Al die jaren is die weg geweest en nu...' Ze klopte op het papier. 'Deze brief. Niet eens echt briefpapier had hij. Een halflege bladzijde uit een boek moet hij hebben gebruikt. Het wit heeft hij helemaal volgeschreven, zien jullie wel? En daarna heeft Hidde... Waar die jongen die brief vandaan heeft gehaald, weet ik niet. Hij heeft het als tekenpapier gebruikt. O, o, o...'

Ze keek hen aan. Er stonden nieuwe tranen in haar ogen. 'In die brief staat dat hij van me houdt. Mannen zeggen dat soort dingen niet zo vaak en mijn Dirk zeker niet... Hij vroeg of ik op hem wilde wachten en met hem wilde trouwen. O, het was zo'n mooie brief!' Ze schudde haar hoofd en staarde dwars door de brief in het verleden.

Anne voelde zich ineens heel vrolijk. Een echte liefdesbrief! Het gevoel van teleurstelling van zonet was als sneeuw voor de zon verdwenen. Ze zag dat de jongens ook zoiets moesten voelen.

'We hebben een goede daad verricht!' grijnsde Daan.

Maar Thom riep verschrikt uit: 'Jongens, het is half twee geweest! We moeten terug naar de boerderij!'

'We moeten met de boot naar huis,' zei Anne.

Snel stonden ze op. Hoorde ze hen wel? De vrouw zat nog steeds roerloos met de brief in haar handen op de stoel.

Anne tikte op haar schouder. 'Mevrouw! Wij moeten weg! We moeten met de boot!'

'Ja, ja, jullie moeten weg,' zei de vrouw. 'Naar huis. Waar wonen jullie eigenlijk? Hoe heten jullie? Van welke school komen jullie?' Ze keek een beetje verwilderd in het rond.

'Als u pen en papier heeft, schrijf ik onze namen op,' zei Anne. 'En waar we vandaan komen.'

'Daar,' wees ze. 'Op het kastje.'

Anne schreef hun namen op en Boyan pakte het trommeltje weer op.

'Jullie komen er wel uit, hè?' zei de vrouw. 'Wat een geluk dat jullie aan mijn deur kwamen.'

Ze zwaaiden naar de vrouw die onbeweeglijk in haar stoel achter bleef en liepen het huis uit.

'Mijn moeder heeft me geleerd netjes dank je wel te zeggen, als iemand iets heeft gegeven,' zei Thom met een grijns op zijn gezicht toen ze het tuinpad afliepen.

Daan gaf hem een stomp tegen zijn bovenarm.

ze liegt!

Ondanks de warmte maakten ze flink tempo.

'Doorfietsen, hè,' riep Daan verschillende keren naar Anne en Sam die achteraan fietsten.

'Daan overtreft zichzelf,' zei Anne.

Ze fietsten de onverharde weg naar de boerderij op en zagen dat de klas lui in de schaduw zat, niemand had nog puf om te voetballen, te tafeltennissen of te volleyen. Anne zag direct Kirsten tussen de anderen zitten en die keek heel nadrukkelijk niet Annes kant op.

Toen kwam Asha naar hen toe. 'Anne, loop je even mee naar binnen? Mevrouw Scheltema wil met je praten.'

Anne fronste haar wenkbrauwen. Ze had toch niks fout gedaan? En Sam had gevraagd of ze weg mochten...

'Waarover?' vroeg ze, maar Asha zei alleen dat het met Lieke te maken had. Daar werd Anne dus niet wijzer van. Wat moest zij met Lieke?

De hal was leeg, zag Anne. De bagage was dus al opgehaald. Mevrouw Scheltema zat in de eetzaal met een huilende Lieke. Wat was er aan de hand?

Op het moment dat Lieke haar zag, begon ze te schreeuwen: 'Daar is ze! Zij heeft het gezegd. Jij hebt me verraden, trut! Grote, gore trut, trut, trut!' Tranen stroomden over haar wangen.

Maar waar had ze het over?

'Eh...' Anne was te verbaasd om iets terug te zeggen.

Mevrouw Scheltema pakte Lieke bij haar schouders vast. 'Nou meid, begin nu niet weer. Zo kunnen we niet praten. Ik snap dat je van streek bent, maar probeer je rustig te houden.'

Daarna keek ze Anne aan: 'Lieke zegt dat jij aan de klas hebt verteld dat zij nog in haar bed plast. Dat is een serieus probleem waar sommige kinderen nog mee worstelen op deze leeftijd. Is dat waar?'

'Nee!' Anne schudde verontwaardigd haar hoofd. 'Nee, heus niet. Ik heb het wel gedacht, maar niet gezegd.'

'Echt niet?' vroeg mevrouw Scheltema en ze keek Anne doordringend aan. Anne kon haar blik met een gerust geweten weerstaan.

Mevrouw Scheltema richtte zich tot Lieke: 'Waarom denk jij dat Anne het de klas heeft verteld?'

'Ik wéét het gewoon.'

'Dat kun je niet maken, Lieke, wel een beschuldiging uiten, maar niet zeggen waarom je Anne verdenkt. Zij heeft het niet gedaan, zegt ze.'

'Ze liegt!'

'En waarom moet ik denken dat zij liegt en jij de waarheid spreekt?'

Lieke dacht even na. Toen zei ze beslist: 'Anne klikte uit wraak!'

'Uit wraak?' herhaalde mevrouw Scheltema. 'Dat snap ik niet.'

'Wij hebben haar douanespel verpest. Kirsten en ik smsten naar elkaar waar Anne was en waar ze haar geld had verstopt.' Liekes stem was al wat kleiner geworden toen ze dit zei.

Anne klemde haar kiezen op elkaar. Dus Lieke was de medeplichtige. Wat zou ze nu graag heel hard aan haar haar willen trekken. Maar ja.

'Ziet u nou wel?!' kon ze niet nalaten te zeggen. 'Ze speelden vals.'

'En waaróm verpestten jullie haar douanespel?' was de volgende vraag van mevrouw Scheltema.

'Dat... was Kirstens idee.' Toen klemde ze haar lippen stijf op elkaar.

Mevrouw Scheltema zuchtte. Ze keek eerst op haar horloge en daarna naar Asha, die zei: 'Zal ik Kirsten halen?'

Mevrouw Scheltema knikte. 'We hebben alleen niet veel tijd meer. We moeten naar de boot. Zeg tegen Adriaan dat hij de rest vast mobiliseert in de rij te gaan staan. We vertrekken over vijf minuten.'

Zodra Kirsten er was, vroeg ze zonder omwegen waarom ze het nodig had gevonden Annes spel te bederven. Lieke kromp in elkaar en keek bijna angstig op naar Kirsten, maar die keurde haar geen blik waardig. Kirsten keek alleen maar naar Anne en zei bijna toonloos: 'Dat was Annes verdiende loon.'

'O? En waarom?'

'Anne heeft iets wat ik niet heb, daarom.'

'Dat begrijp ik niet.'

'Als Anne het maar begrijpt.'

Anne had van de één naar de ander gekeken. Ging dit over haar? Mevrouw Scheltema keek háár nu aan. 'Anne?' vroeg ze.

En in een flits zag Anne het. Kirsten was jaloers! Al die tijd al. Moest ze dat nu gaan uitleggen? Nee toch zeker. Dat was Kirstens probleem. Maar hoe moest ze dat duidelijk maken? Dus zei ze: 'Ik heb echt niks over die natte slaapzak gezegd. Ik heb hem onder Liekes bed zien liggen. En de eerste nacht werd ik wakker toen Lieke met haar slaapzak bezig was, maar ik heb niks doorverteld.'

Lieke begon daarop prompt weer te huilen. 'Ik durf me niet meer te vertonen,' zei ze.

De stem van mevrouw Scheltema klonk ongeduldig toen ze zei: 'Ik had het nu even over Kirsten en jou.'

'Laat Kirsten het zelf uitleggen,' zei Anne.

Maar Kirsten zweeg. En de tijd drong. Mevrouw Scheltema keek weer op haar horloge. Van buiten klonken fietsbellen.

'Wie heeft Lieke dan wel verraden? Kirsten, weet jij dat misschien?' vroeg mevrouw Scheltema.

Kirsten schudde haar hoofd.

'Dit moet verder uitgezocht worden, Lieke, maar er is nu geen tijd meer. Volgende week op school praten we met de klas. En ik begrijp best dat je het moeilijk vindt terug naar de klas te gaan, maar je zult er toch doorheen moeten.' Ze stond op. 'Kom, we gaan.'

Anne en Asha volgden haar naar buiten, net als Kirsten. Die leek wel een klomp ijs, zo koud keek ze Anne aan. Het was een wonder dat ze niet bevroor onder die blik, dacht Anne.

Buiten vroeg mevrouw Scheltema de klas om stilte. 'We gaan zo naar de boot, het zit erop, mensen. Een ding nog: denk er allemaal eens over na wat jij ervan zou vinden als een kind uit de klas iets heel persoonlijks over jou bekend zou maken aan de hele groep. Iets waar je je misschien wel voor schaamt of waar je het moeilijk mee hebt. Ik wacht tot degene die schuldig is aan de praatjes bij mij komt. Je mag me het weekend ook thuis bellen.'

Ze keek de groep rond, die met elkaar begon te praten. Niet iedereen wist waar dit op sloeg, maar mevrouw Scheltema ging niet op vragen in. 'Maandag praten we verder.'

Daarna telde ze de rij en terwijl ze daarmee bezig was,

kwam Lieke eraan met roodomrande ogen. Ze werd geroepen door Kirsten bij wie ze vervolgens in de rij ging staan. Kirsten sloeg een arm om haar heen. Niemand zei iets.

Vreemd, dacht Anne. Kirsten vond het dus niet erg dat Lieke hun sms-jes had verraden. Of was dat niet vreemd? In ieder geval: zij snapte het niet.

Het was een kort tochtje naar de veerdam. Daar moesten ze hun fietsen inleveren; dat had mevrouw Scheltema goed geregeld. Ze konden zo doorlopen, de boot op. Net op tijd.

Ik ben nog wel op je, hoor

In gedachten verzonken liep Anne de loopplank op. Om haar heen werd weer druk gekakeld. Ze voelde zich moe en had het heet. Waar was Sam eigenlijk gebleven? In de drukte was ze hem uit het oog verloren. Waar kwamen al die mensen vandaan? Ze had helemaal niet het idee gehad dat er zo vreselijk veel mensen op dit eiland waren.

Meer groepen reisden naar huis. Waar was haar klas? Daar liepen een paar jongens. Anne ging snel achter hen aan. Ze kwam in een soort gang met een trap aan het eind en zag dat de jongens naar boven liepen. Nog een trap verder en ze stond op het dek. Lekker in de wind! Waar waren Daan, Sam, Thom en Boyan?

'Anne!' Sam riep haar.

Anne ging gauw naar hem toe. 'Waar zijn de anderen?'

Sam wees. 'Daar, maar het was daar vol.' Anne zwaaide naar de drie jongens die even verderop zaten. Alle banken op het dek waren bezet. Hun klas zat verspreid. Sommige kinderen liepen wat rond.

'Schuif eens op?' Ze kon er nog net tussen.

Toen keek ze nog eens naar de andere jongens.

'Heeft Thom een pet op?' Ze zág het wel, maar maakte er toch een vraag van.

'Doet hij wel vaker,' zei Sam.

'Maar niet tijdens het kamp.' Anne trok een denkfrons. 'Nu mag het zeker wel, zo'n duidelijk teken dat hij Thom is,' zei ze half lachend, half boos.

'Zoiets,' grijnsde Sam.

Anne voelde dat de motor zwaarder ging ronken.

'We gaan,' zei Sam.

Krijsend vlogen meeuwen boven hun hoofd heen en weer.

'Ik vond het wel een leuk kamp,' zei Anne.

'Ik ook. We hebben veel meegemaakt.'

'Lekker uitslapen het weekend en dan maandag de eerste lessen.' Anne besefte ineens dat een heleboel zenuwen voor school opgelost waren. 'Ik zie er nu minder tegen op,' zei ze.

'Ja,' zei Sam, 'je kent elkaar nu een beetje. Dat maakt een hoop uit. Samen zoeken we wel uit waar we moeten zijn en hoe alles werkt en zo.'

'Ik geloof dat ik nu ook alle namen ken,' bedacht Anne. Ze gingen het rijtje af.

'O ja, en Reny,' besloot Anne. 'Ik ben benieuwd hoe het is als we die weer zien.'

'We hebben best een leuke klas,' vond Sam.

'Ja, nou, op een paar na.' Anne aarzelde. 'Kirsten bijvoorbeeld... En Lieke weet ik niet zo goed...'

Het was vreemd gegaan met Lieke, bedacht ze. In het begin vond ze Lieke niet zo aardig, toen viel ze best mee, maar na zonet... En Kirsten... Ze moest nog verzinnen hoe ze die terug kon pakken.

'Vindt Thom Kirsten leuk?' vroeg Anne.

Sam maakte een sierlijk gebaar met zijn hand, al wist Anne niet precies wat dat betekende. 'Eerst wel, later een beetje minder. Ze liep hem steeds achterna. Dat vond hij niet zo leuk.' Sam wachtte even, alsof hij nadacht. 'Zie je wel dat wij niet hetzelfde zijn?' ging hij toen verder. 'We vallen op verschillende meisjes.'

Dat kon je wel zeggen, dacht Anne.

'En Thom vind haar niet zo leuk als ik jou,' besloot Sam.

Toen stak Anne haar hand uit. Ze raakte met haar wijsvinger heel voorzichtig het litteken op Sams slaap aan. Daarna boog ze zich naar hem toe en fluisterde in zijn oor: 'Ik ben nog wel op je, hoor.'

Sam glunderde. Hij pakte haar hand vast en zo bleven ze zitten kijken hoe de kust van Ameland kleiner en kleiner werd. Nadat de boot een bocht maakte, konden ze het eiland niet meer zien. Ver weg was de vaste wal al zichtbaar.

'Ook een leuke manier om te reizen,' zei Sam.

'Ja,' zei Anne en leunde lekker tegen hem aan.

Ach, die Kirsten... Misschien moest ze zich niet zo druk maken. Ze was met Sam. En wat Kirsten daarvan vond, was háár probleem. En het douanespel was maar een spelletje. Misschien had Daan wel gelijk; dat zou ze straks tegen hem zeggen.

Straks... Nu nog niet. Nu zat ze hier met Sam op de boot.

'Hé, luister, dat zijn wij!' Anne ving ineens de stem op die over de intercom hun namen riep: 'Ik herhaal: wil de klas van Daan, Sam, Thom, Boyan en Anne van het Carry van Bruggen College naar het benedendek komen.'

Anne keek Sam aan. 'Wat zou er zijn?'

'Ik weet niet,' antwoordde Sam. 'Misschien wil mevrouw Scheltema verder praten?'

'Komen!' Thom, Daan en Boyan wenkten hen. Sam en Anne liepen achter hen aan de trappen af naar het benedendek die vol stond met tafels en stoelen, zoals in een restaurant. Daar was het een stuk rustiger dan boven, zodat ze direct zagen waar hun klas verzamelde. Door de hoge ruiten keek je uit op de zeespiegel.

'Wat is er aan de hand?' vroegen de kinderen die er al zaten. 'Waarom riepen ze jullie namen om?'

'Geen idee,' zei Anne. 'Wij snappen er ook niks van.'

Niemand wist het, ook Adriaan en Asha niet. Alleen mevrouw Scheltema deed heel geheimzinnig. 'Wacht maar tot iedereen er is,' zei ze.

Hier was een balie waar je van alles kon kopen, zag Anne: drinken, koeken, snoep, ijs. Een paar mannen in opgerolde hemdsmouwen stonden de bestelling van de klanten op te nemen. Verlekkerd keek Anne naar iemand die met een blad vol flesjes fris en bekertjes ijs voorbij kwam.

Zodra ze allemaal zaten, kwam één van die mannen naar hen toe. Hij was wat ouder dan de rest.

'Dus jullie zijn van het Carry van Bruggen College. En wie zijn Daan, Sam, Thom, Boyan en Anne?'

Zij keken elkaar aan. Waar ging dit over? Ze staken hun hand op. 'Dat zijn wij.'

Hun klasgenoten snapten er helemaal niets van. Door alle gedoe hadden ze niemand nog iets verteld.

De man gaf hun een hand. 'Die vrouw waar jullie geweest zijn, is mijn moeder. Ze belde mij...'

'Bent u Hidde?' onderbrak Boyan hem.

'Nee.' De man schudde zijn hoofd. 'Hidde is mijn broer. Ik ben Jan. Pas toen jullie weg waren, bedacht mijn moeder zich dat ze jullie helemaal niet had bedankt. Daarom wilde ze dat ik jullie zou trakteren op deze bootreis. Dat hadden jullie wel verdiend, zei ze. Dus zeg het maar: waarmee doe ik jullie een plezier? Allemaal een ijsje? Met hoeveel zijn jullie? En wat willen jullie drinken?'

Een gejuich steeg op. Maar mevrouw Scheltema vond dat ze eerst moesten vertellen waaraan ze de traktatie verdiend hadden.

Boyan deed het woord. Hij vertelde over het trommeltje,

de schatkaart en de verschillende pogingen iets te vinden. Alleen de nachtelijke tocht liet hij wijselijk weg. 'Nou,' besloot hij, 'en toen bleek dus de achterkant van die tekening een belangrijke brief te zijn.'

'Ja,' bevestigde Jan. 'Daar heeft ze het vaak over gehad, dat ze het zo erg vond die kwijt te zijn. En nu heeft ze hem terug.'

Zij vijven kregen prompt de status van held. Toen het juichen en klappen verstomd was, kon de bestelling worden opgenomen en de smulpartij beginnen. Daarna waaierde iedereen weer uit over het bovendek.

Anne zag dat Daan was opgestaan. Ze volgde hem naar de reling, waar hij over het water uit keek.

'Sorry, Daan,' zei ze tegen zijn rug.

Daan zei niks. Een meeuw cirkelde boven hun hoofden. Anne kwam dichterbij en legde haar arm om zijn schouders. Dat deed ze zo vaak, maar deze keer duwde Daan haar hand weg.

'We zijn toch vrienden?' zei Anne.

'Ik word later toch maar piloot,' zei Daan. 'Als het moeilijk wordt, kan ik tenminste wegvliegen, net als die meeuw.'

'Heb je het over thuis?'

'Deze keer niet. *Ik* was toch je vriend?'

Anne keek op. 'Ja, en dat blijf je toch hopelijk wel?!'

'Maar je bent verliefd op Sam.'

'Dat is wat anders.'

'Heb je dan geen verkering met hem?'

Anne wachtte even met haar antwoord. Toen zei ze: 'Weet ik niet. We hebben gedanst en we hebben elkaars hand vastgehouden. Is dat verkering?'

'Maar je bent wel verliefd.'

'Ik geloof van wel.'

'Gelóóf? Dat wéét je toch wel?'

'Ik weet maar één ding zeker: dat mijn hart twintig keer zo snel gaat slaan als hij in de buurt is.'

'Belachelijk.' Daan was haast verontwaardigd toen hij het zei.

Anne schoot in de lach. 'Ja, best wel, hè?'

'Nou, ik weet zeker dat ik het nooit zal worden.'

'Dat zeg je nu. Het gebeurt jou ook een keer.'

'Neuh, ik ga heus niet zo idioot doen.' Boos liep hij van haar weg.

Anne keek hem na. 'Ik blijf echt wel jouw maatje, hoor!'

Even bleef ze nog staan. Het zonlicht glinsterde op het kalme, gladde water. De kust van Friesland kwam dichterbij.

Ik kom anders terug dan ik weg ben gegaan, dacht ze.

Daarna liep ze terug naar de bank waar de andere jongens zaten.

'Waar is Daan heen gegaan?' vroeg ze.

Boyan wees met het trommeltje in zijn hand.

Anne liep ook naar de achterzijde van de boot. 'Daan?'

Hij keek omlaag naar het schuimende spoor dat de boot in het water achterliet.

'Je bent toch niet jaloers?' vroeg Anne.

'Ik weet niet.' Daan bleef naar beneden kijken. 'Je doet ineens zo anders. En je bent steeds bij Sam.'

Anne deed een stap dichterbij. 'Daarom kunnen wij nog wel vrienden blijven,' zei ze.

Daan keek haar nu wel aan en vond het goed dat Anne nog dichterbij kwam.

Met de armen om elkaar heen geslagen keken ze toe hoe de boot langs de kade van Holwerd gleed. Daar stonden een heleboel mensen te wachten. Niet op hen. Zij moesten nu eerst met de bus naar Leeuwarden en dan nog met de trein. Haar ouders zouden haar van het station halen.

Anne grinnikte. Ze draaide haar hoofd naar Daan en gaf hem een snelle kus op zijn wang.

Geschrokken veegde Daan met de rug van zijn hand over zijn gezicht.

'Dat bedoel ik nou,' zei hij. Maar hij grinnikte ook.

Caja Cazemier
Verliefd zijn is een ramp!

Myra valt op jongens, dat is altijd zo geweest. Toch...?
Maar waarom voelt ze zich dan zo tot Jessica aangetrokken? Ze kan toch niet ineens lesbisch zijn?!
   Voor Jessica is het eenvoudig, die heeft altijd geweten
dat ze op meisjes valt. Ze heeft ook al een echte vriendin
gehad.
   Het kost Jessica de grootst mogelijke moeite en heel veel
geduld om Myra ervan te overtuigen dat haar gevoelens
niet 'raar' zijn, en dat ze zich best mag overgeven aan haar
verliefdheid. Maar het is de moeite waard!

ISBN 90 216 1946 6